KB142623

기록하는 여자들 첫번째
나의 코로나19

강미미, 강수연, 김현정, 별숲, 손은주, 윤주, 조약돌 지음

빨간집

목차

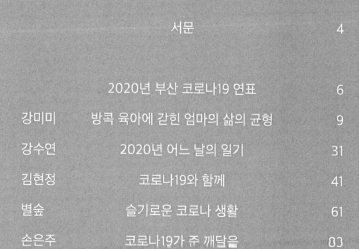

가을이 깊어갈 무렵, 우리는 시공간 어딘가에 모였다.

내 손에 날아든 메시지에 좌표가 찍히면, 어둠 속에서 환하게 빛을 밝힌 어디론가 이동했다. 작은 격자 틀 안에 증명사진 같은 모습이 전부였지만, 마스크도 사회적 거리감도 없이 서로를 마주했다. 그곳에서 우리는 자신의 코로나 이야기를 써 내려갔고 서로의 이야기에 귀 기울였다.

머나먼 옛날, 1348년 이탈리아 피렌체 근교에 여성 일곱 명과 남성 셋이 둘러앉았다. 무섭게 휘몰아치는 흑사병을 피해 도망친 사람들이었다. 그들은 열나흘 동안 그곳에 머물렀고, 그중 열흘 동안 열 가지씩 이야기했다. 시시콜콜한 이야기를 나누며 슬픔을 잠시 잊고 두려움을 이겨냈다. 열 명이 나눈 백 가지 이야기는 지금까지『데카메론』으로 전해지며 기록의 의미와 힘을 생각하게 한다.

돌이켜보니,『데카메론』속 피렌체 사람들처럼 우리가 만난 날도 열흘이었다. 그들은 작은 언덕 꼭대기의 집에서, 우리는 온라인 공간 어딘가에 좌표를 찍고 이야기를 나누었다. 세상의 술렁임, 고단한 몸과 마음, 평범하지 않은 변화 속에서 일상을 꾸려가는 자신의 이야기를 했다. 우리의 삶이 다르듯 이야기도 제각기 다르게 시작했지만, 결국 모든 이야기가 낯설지 않은 것은 그것이 우리 사회의 이야기였기 때문이다.

코로나가 위협적으로 다가오는 이유는, 그것이 독감보다 '죽음'에 조금 더 가까워서이다. 나라마다 치명률이 달라서 온 세상이 공포에 휩싸였고, 우리는 숨죽이며 웅크린 채 충격이 잦아들기만 기다렸다. 하지만, 사라진 듯하다가도 다시 확산하는 바이러스는 여전히 우리 주위를 맴돌고 있다. 대한민국 부산시에서 살아가는 여성들이 나눈 이 글은 2020년 2월부터 11월까지로 한정되지만, 특수한 시기를 기록하는 의미에서는 특별하고, 누구라도 공감할 수 있는 경험과 마음이라는 면에서는 평범하다. 온라인 공간 어디선가 나눈 이 특별하고도 평범한 이야기가, 이 땅에서 여전히 코로나와 씨름하며 살아가는 모든 이의 마음에 닿아 잔잔한 위로가 되길 바란다.

2020년 부산 ──

1월

20일 한국 내 코로나바이러스감염증-19 최초 확진자 발생

2월

3일 부산 최초 코로나19 검사 사례 발생
18일 대구 31번째 확진자 발생
21일 부산 첫 확진자 발생
23일 교육부 전국 모든 유치원과 초·중·고교, 특수학교의 개학 일주일 연기 발표
24일 부산 하루 확진자 수 22명 발생 (10월 14일 이전 최다 기록)
28일 대한예방의학회 코로나19 대책위원장 기모란 교수 '사회적 거리두기' 캠페인 제안
29일 '범학계 코로나19 대책위원회'의 사회적 거리두기 호소

3월

2일 교육부 개학 2주 연기

4월

6일 온라인 수업 시범 운영
6일 순차적 온라인 개학 시작
10일 부산시 영세 소상공인 민생지원금 지원 사업 신청 시작
15일 제21대 국회의원 선거
20일 온라인 수업 본격 시작

코로나19 연표

5월
- **11일** 부산시 긴급재난지원금 신청 시작
- **20일** 순차적 등교 수업 시작

6월
- **1일** 고용노동부 긴급고용안정지원금 신청 시작

8월
- **17일** 부산지역 사회적 거리두기 2단계 시행
- **22일** 마스크 착용 의무화 행정명령(부산광역시 고시 제2020-319호)
- **26일** 수도권 유치원과 초·중·고교, 특수학교 9월 11일까지 전면 원격 수업 전환

9월
- **19일** 부산 D대학 재학생 확진자 발생

10월
- **12일** 사회적 거리두기 1단계 단계 완화

12월
- **12일** 부산 코로나-19 확진자 하루 82명으로 역대 최다

※ 본 연표는 본문에 나오는 사건의 배경이 되는 정부 및 부산시 시행 주요 사업과 고시, 사건을 중심으로 정리했습니다.

방콕 육아에
갇힌 엄마의
삶의 균형

강미미

코로나19의 사회적 거리두기로 가족 간의 거리는 점점 좁혀지고,
혼자만의 시간을 잃은 10년 차 엄마의 삶은 흔들렸다. 엄마와 나
사이의 균형은 역할에 대한 숙제였다가 시소를 타는 놀이가 되어간다.

코로나 일상의 시작

주문한 커피는 너무 뜨거웠다. 원두와 우유, 소량의 바닐라 시럽이 최적의 온도에서 뒤섞이지 못해서 눈살이 찌푸려졌다.

나는 지금 너무 뜨겁다. 아이들 공부에 열을 내야 했고 밥을 해 먹이는 데에 열기를 더했고 아이들과 뒤섞여 나뒹구는 와중에 내 시간에 대한 갈증에 목이 타들어 갔다.

나의 코로나 시대는 적당한 온도를 찾지 못하는 커피처럼 그렇게 뜨겁게 시작되었다.

2020년 2월 21일, 부산에 코로나 확진자가 처음 생기기 시작하더니 그 이튿날에는 확진자가 3명이 추가되었다. 내가 사는 지역에 확진자가 발생했다는 것은 곧 외출 자제를 의미하는 것이었고 워킹맘이던 나에게는 출근을 중단하고 방콕 육아를 하라는 무언의 명령과 같은 것이었다. 그렇게 육아 10년 차에 나는 아이들과 온종일 지내야 하는 방콕 육아의 세계로 다시 들어갔다.

전국적으로 코로나가 확산함에 따라 교육부는 2월 23일에 개학을 일주일 연기한다고 발표했다. 개학이 연기된다 했을 때 아이들과 가장 먼저 한 건 하루 시간표를 세우는 것이었다. 시간표를 만들어 명시해 두지 않으면 일상이 불규칙적으로 될 것이고 그러면 분명 24시간 육아에 감정이 끓는 날이 많아질 것 같아서였다. 아이들보다 내가 더 흐트러지고 기복을 타게 될까 봐 취한 조치였다.

아이들 시간표의 큰 틀은 먹고 놀고 자는 것이고, 그 사이에 공부와 휴대폰 하기, 책 읽기를 넣어두었다. 농구, 종이접기, 레고, 퍼즐 등 실내에서 할 수 있는 놀이와 책 읽기, 공부하기 등도 모두 종이에 적어 하나씩 뽑아서 선택된 놀이를 하기 시작했다. 온종일 집에서 지내야 하는 아이들이 싫증나지 않도록 준비한 엄마표 놀이였지만 아이들이 좋아할수록 나는 괜한 놀이를 만들어서 내 함정을 팠다고 후회했다.

아이들은 엄마와 온종일 부대끼는 시간이 마냥 좋았

다. 10살 아들도 6살 딸도 코로나로 방콕 생활이 시작되면서 3살 '까꿍이'로 돌아갔다. 엄마가 보고 있어도 엄마를 부르던 그 시절로 말이다.

아이들과의 24시간 하는 육아가 5일째 되는 날, 나는 질겅질겅 씹을 무언가가 필요해서 마트에서 아이들이 먹는 젤리를 사 와서 씹었다. 일종의 스트레스 해소용이었다.

3월 2일 교육부는 개학을 2주 더 연기했다. 코로나 확산세로 볼 때 개학 연기는 당연한 조치였다. 별로 놀라울 것도 억울할 것도 없었지만 몸은 벌써 답답함으로 조여 오기 시작했다. 잠깐이라도 혼자만의 시간이 너무 절실했다.

아이들을 집에 두고 장보기를 핑계 삼아 집 근처 카페에 갔다. 손님은 한 명도 없었고 카페 사장님과 나는 주문 포스를 사이에 두고 알 수 없는 입 모양의 감정을 상상하며 눈빛을 주고받았다. 내가 계산하려고 건네준 카드를 돌려줌과 동시에 사장님은 손 소독제로 두 손을 강하게 비벼댔다. 카드를 받은 나 역시 손에 소독제를 발라 문지르며 자리로 돌아왔다. 사장님이 소독제를 강하게 비벼대는 그 제스처를 떠올리니 내가 무슨 벌레라도 된 듯했다.

최초 온라인 개학이 시작되다

3월의 마지막 날에 교육부는 4월 온라인 개학을 최종 발표하였다. 학교에 가지 않고서도 교육이 가능한 이런 시스템은 단군 이래 처음 있는 일이었으리라. 4월 6일부터 시작된 온라인 수업은 2주간의 시범 운영을 거쳐 4월 20일부터 본격적으로 시작되었다. '본격적'이라는 것은 온라인으로 아이의 출결이 결정된다는 의미였다. 몸은 학교에 가지 않지만, 온라인으로 얼굴을 비추고 공부를 한 흔적을 남겨야 하는 의무가 생긴 것이다.

온라인 수업방식은 학교마다 달랐는데 첫째 아이가 다니는 학교는 하루 두 차례 줌(ZOOM)으로 선생님과 쌍방향의 수업을 하고 나머지 수업은 e학습터*에 접속하여 온라인 강의를 듣는 식으로 이루어졌다.

줌으로 하는 화상교육은 선생님의 주도로 비교적 원

---

* e학습터(cls.edunet.net)는 한국교육학술정보원이 2018년 3월 15일에 출시한 지역격차 해소 및 사교육비 절감을 위한 대한민국의 공교육 대표 온라인 학습 서비스다. 코로나바이러스감염증-19로 인해 많은 학교들이 e학습터와 밴드, EBS를 이용하여 온라인 수업을 진행하고 있다. 따라서 이용량이 매우 폭증하였다. 선생님이 직접 영상을 올리고 과제와 퀴즈를 만들 수 있으며, 학생들은 영상을 통해 내용을 학습하고 주어진 과제를 제출하면서 온라인 학교생활을 한다. (출처 : 위키백과)

만하게 진행되었다. 처음에 어색해하던 아이들도 금방 적응해 갔다. 가끔 버퍼링이 생기기도 하고 아이들이 있는 공간에서 내는 여러 가지 잡음들이 귀에 거슬리기도 했지만, 선생님은 어떤 상황에서든 의연하게 수업을 잘 이끌어가셨다.

길지 않은 온라인 강의는 저녁 늦게까지 미루다 겨우 끝내곤 했다. 온라인 수업에 대한 아이의 태도나 효용성은 둘째 치고 그날의 수업을 100%로 끝내는 것이 엄마로서 할 수 있는 최소한의 노력이었다. 아이 교육에 버선발로 나서는 열성 엄마는 못되더라도 아이가 수업을 마무리하지 못할 만큼 무신경한 엄마로 낙인찍히고 싶지는 않았다.

책상 앞에만 앉으면 온몸을 배배 꼬는 아이를 붙잡고 수업을 듣느라 고군분투하는 날들이 계속되었고 나는 이런 상황에 슬슬 화가 나기 시작했다. 평소에 아이 숙제를 엄마 숙제로는 만들지 않겠다는 나름의 소신이 코로나 시대의 온라인 수업으로 인해 무너지는 듯했다.

퇴근하고 돌아온 남편은 늦은 시간까지 수업을 끝내지 않고 미루었다고 아이를 나무랐다. 그리고는 아이가 공부를 다 끝내고 놀 수 있는 습관을 만들어 주라고 나에게 주문했다. 남편은 아이의 잘못된 습관을 볼 때마다 이런 식으로 그 책임을 나에게 묻는 듯했다.

코로나 육아, 변하지 않은 것들

아이를 키우고 집안을 돌보는 일은 육아를 처음 시작할 때부터 10년이 지난 지금까지 줄곧 나의 일이었다. 남자와 같이 바깥일을 하고 돌아와서도 여자는 집안일의 책임자가 되어야 했다. 집안일을 분업해서 하자는 말을 귓등으로도 듣지 않던 남자는 가끔 설거지를 도와주며 아버지와 남편의 역할을 다한 것처럼 생색내곤 했다.

결혼제도에 편입한 여자가 육아와 가사를 도맡아 하는 것은 당연한 것처럼 보였다. 아이를 먹이고 재우는 일, 공부를 도와주고 놀아주는 일, 하루 세 번 이상의 설거지와 세탁기가 돌린 빨래를 널고 개켜 서랍에 정리하는 일, 바깥일을 마치고 헐레벌떡 장을 봐서 반찬을 만드는 일, 집 안 구석구석을 닦고 정돈하는 중에 아이들의 요구에 응답해야 하는 이 모든 일이 나의 몫이었다. 그런 육아와 가사의 쳇바퀴가 제대로 돌아가지 않으면 그 책임은 나에게 돌아왔다. 결혼 전에 딸로 살 때는 엄마가 모두 챙겨주던 것들이 결혼하고 나서는 나의 일이 되었다. 반면, 남편은 여전히 가정에서 자신을 돌봐주는 '아내'라는 이름의 또 다른 엄마를 두게 되었다. 이런 역할을 수행할 때마다 나에게도 엄마 같은 분신이 필요했다. 아이들과 남편이 동시에 나를 찾을 때는 혼이 나갈 지경이었고 정신 줄을 근근이 붙잡아 두어도 마음은 먹먹해졌다.

가부장제라는 유교적 문화는 가정에서의 남녀 역할을 고착시켰다. 남자들은 사회적으로 인정받고 돈을 잘 벌어 오는 것이 미덕이었고 여자라면 당연히 가정을 살뜰히 챙기고, 아이들을 인성이나 학업 면에서 훌륭히 키워 내야만 했다.

여자가 가진 재능은 가부장제에서는 거추장스러운 욕구에 지나지 않았다.

글을 쓰고 싶었던 여자는 매일 설거지를 해야 했고, 모델이 되고 싶었던 여자는 종갓집 며느리로 1년에 14개의 제사를 치러야 했다. 그림을 그리고 싶었던 여자도 아이들이 이불 위에 그린 지도의 얼룩을 지우느라 자신의 그림을 그릴 엄두를 내지 못했다. 자기의 존재를 드러내기에 집안일은 표도 나지 않으면서 끝이 없었다. 그나마 집안을 꾸미는 손을 타고났거나 남편이 벌어다 준 돈을 요리조리 옮겨 가며 재산을 불리는 재주가 있던 여자만이 가정에서도 능력 있는 엄마로 환영받을 뿐이었다.

맞벌이 부부가 늘면서 여러 가지 사회제도가 변하고 편리를 추구하는 상품들이 쏟아져 나오지만, 아직도 가정에서의 남녀 역할은 크게 변하지 않았다. 남자는 어깨에 가장의 책임감을 얹고 여자는 육아와 가사의 책임을 전적으로 도맡으며 우리 부모의 시대를 재현하고 있다.

코로나 시대라고 근무 환경도 바뀌고 기존의 서비스는 비대면 서비스로 전환되었다. 아주 보수적이라고 하는 교육계도 변화의 파도에 발을 들이기 시작했다. 코로나 시대는 이전과 다르게 변하고 있고 그 속도 또한 빠르다고 하는데 가정에서의 남녀 역할은 시대의 변화를 좇기는커녕 오히려 각각의 역할이 더 고착되어 간다. 코로나로 더욱더 빠르게 변하는 사회의 속도에 지친 나머지 아빠들은 유튜브 속 세계와 점점 한몸이 되어 갔다. 출근하려는 엄마는 학교도 학원도 문을 꽁꽁 닫아 갈 곳 없는 아이들을 맡길 곳을 찾느라 아침마다 발을 동동 굴렀다. 퇴근하고 돌아와서도 기관이 돌봐주지 않는 숙제를 또 챙겨야 하는 이 세계의 숙명에 처하게 되었다. 아빠는 사회의 변화와 속도에 지쳐서 엄마는 '자기'라는 존재와 '엄마'의 역할 사이에서 날마다 전쟁을 치러야만 했다.

코로나가 확산하면서 출근을 포기하고 집에 머물며 아이를 돌봐야 하는 사람은 굳이 의논하지 않아도 당연히 나였다. 이로써 공식적으로 집에서 노는 여자가 되었으니 가사를 돌보는 데 시간과 애정을 쏟지 않을 이유가 없게 되었다. 그렇게 코로나로 인한 일시적인 전업주부가 되었지만 한 달도 되지 못해 24시간 육아에 점점 지쳐만 갔다.

세 끼를 챙겨 먹는 식사 시간은 너무 자주 돌아왔고 아이들만 신난 놀이는 따분해 미칠 지경이었다. 남편은 6살 둘째의 한글 공부를 가르치라고 다시 주문했고, 아들의 온라인 수업은 점점 엄마 숙제가 되어 가고 있었다. 코로나 시대에 전업주부가 된 나는 엄마의 역할에 선생님 노릇까지 하고 앉을 판이었다. 그렇게 허울 좋은 감투를 쓸 때마다 나는 그 역할에 짓눌려 어디라도 숨고만 싶었다.

육아, 책으로 도망가다

나는 책으로 도망가기로 했다. 아이들 어릴 때, 10분이라도 책을 읽고 나면 다시 육아의 질퍽함에 가벼운 마음으로 발을 들일 수 있었다. 그때처럼, 독서가 방콕 육아의 답답함을 해소해 줄 것이라고 기대했다.

첫째 아이가 온라인 수업을 하는 동안 둘째에게는 휴대폰을 쥐여 주고 나는 방으로 들어가 책상에 앉았다. 첫째의 온라인 수업을 위한 최적의 환경은 둘째를 조용히 시키는 것이었고 그렇기에 휴대폰만 한 것도 없었다. 그럼으로써 나 역시 책을 읽을 수 있는 나만의 시간을 확보할 수 있었다. 모두를 위한 최선의 방법이라며 스스로 합리화했다.

게다가 어차피 일하지도 못하는 상황이라면 다른 생산적인 것에 몰입해야 한다고 생각했고, 전업주부의 명찰을 달고서 하루에 책 한 권을 완독하는 것을 목표로 삼았다. 새벽에 홀로 깨어 있는 시간 외에 나 혼자만의 시간이 더 필요한 일이었다.

강미미

그렇게 첫째 아이가 줌 수업을 하는 동안 잠시 각자의 시간을 향유했지만 줌 수업이 끝나면 인터넷 수업을 도와줘야 한다는 부담감이 들어섰다. 아무리 좋은 선생님도 자기 아이를 가르치는 일은 쉽지 않다고 하더니 엄마로서 어설픈 감독 역할을 하자니 내 인내심의 역량은 금방 바닥을 드러냈다. 속에서 끓는 말들을 아이에게 마구잡이로 쏟아내게 될까 봐 수시로 자리를 박차고 나와 혼자 씩씩거리곤 했다. 괜히 아이와 관계가 나빠질 바에는 차라리 공부하는 것을 보지 않고 내 할 일을 하는 게 낫겠다 싶었다.

얼마 지나지 않아 아이 혼자서 수업을 잘 듣고 있는지 걱정되어 문을 배꼼이 열어 보았다. 동영상이 재생되는 동안 온몸을 비틀고 앉아 있는 첫째와 여태 휴대폰 속에서 꼼짝하지 않고 있는 둘째가 동시에 눈에 들어왔다. 모두를 위한 방법은 나의 합리화였을 뿐, 나는 점점 아이들을 휴대폰으로 방치하고 있다는 죄책감이 들었다.

아무 데도 가지 못하는 아이들에게 엄마표 놀이로 즐겁게 해 주지 못하고 학교 공부와 추가적인 공부 습관을 잘 잡아주지 못한다는 생각 때문에 더는 책 읽기에 집중할 수가 없었다.

육아와 나 사이의 균형

책으로 도망가겠다는 계획은 온라인 개학을 하고 한 달 만에 실패로 돌아갔다.

문제만 있고 아무런 해결책도 행동 개시를 하겠다는 의지도 없던 차에 한 '온라인 독서 모임'이 시선을 끌었다. 작년부터 독서 모임에 참여하고 싶다고 생각하고는 있었지만 일과 육아 때문에 여의치 않았는데 코로나 덕분에 일은 할 수 없었고 온라인 독서 모임은 가능했다. 온라인으로나마 지금 나의 답답함을 폭로하고 해결 방법을 찾고 싶었다.

독서 모임의 주제는 엄마들의 '치유, 성장, 꿈 찾기'였다. 엄마가 되고서 느끼는 감정들을 인식하고 인정하는 것만으로도 자기 치유가 가능하다. 아픔이나 어떤 것에 문제가 있다는 것을 알아챔은 모든 성장의 시작이다.

10년 동안 육아를 하면서 치유와 성장, 그리고 꿈을 찾는 과정들을 스스로 경험해왔다. 지금은 꿈을 향한 성장의 단계라고만 생각했는데 육아 감옥에 다시 갇히고 보니 나에게는 여전히 해결하지 못한 감정이 남아 있었던 것 같다. 독서 모임에서 추천받은 책을 읽으며 육아 10년

차인 내가 아직도 방콕 육아가 힘든 이유를 생각하게 되었다.

육아와 '나'가 중심이고 삶이 균형을 잃으면 우울해진다. 에너지가 10%로 남았을 때 내 몸이 보내는 메시지는 짜증, 화, 걱정, 불만이다.[**]

아이들을 낳아 키우면서 가장 힘들었던 것 중의 하나는, 아이들의 생리적 욕구와 나의 자아실현의 욕구가 대치되는 순간이었다. 아이들이 먹고 자고 싸는 그런 행위들과 엄마의 품에서 안정을 느끼는 그런 기초적인 욕구들이 모두 나의 손에 달렸었다. 한편, 여전히 불완전한 어른으로 성장한 나는 끊임없이 무엇이 되기 위해 애쓰며 원하는 모습이 되고자 조급해하고 있었다. 그런 채워지지 못한 성장에 대한 욕구는 육아 때문에 수시로 발목 잡혔고 그럴 때마다 육아가 더욱더 버겁기만 했다.

코로나로 인해 출근할 수 없었던 나는 일 대신 독서로 자아실현의 욕구를 채우고자 했다. 그러기 위해서는

[**] 홍보라, 『엄마리딩』

일하는 시간을 책 읽는 시간으로 끌어와야 했고 그 속에서 뛰어노는 아이들과 자꾸 부딪히게 되었다. 그러다 책 읽던 엄마를 요란하게 부르던 외침이 잦아들고 아이들은 자기들만의 방식을 찾아 휴대폰 속으로 점점 빠져들었다. 집안 곳곳에 울리던 엄마를 찾던 목소리들이 숨을 죽이고 독서를 할 수 있는 최상의 환경이 만들어졌다. 그러자 아이들을 방치하고 있다는 내면의 목소리가 들리기 시작했다. 아이들의 생리적 욕구와 나의 자아실현의 욕구가 대치되던 육아 초기 그 시절처럼, 코로나 시대의 육아감옥에서 나는 아이들을 방치한다는 죄책감과 독서에 대한 욕구가 충돌했다. 온종일 아이들을 돌봐야 하는 상황과 독서로 자기계발에도 힘써야 한다는 생각으로 나의 에너지는 고갈되어 갔고 그것이 짜증, 화, 걱정, 불만의 감정으로 표출되고 있다는 것을 알게 되었다.

항상 아이와 같은 공간에 있으면서 아이의 성장에 꼭 도움을 주는 엄마가 되어야 한다고 생각했다. 그래서 엄마 식대로 놀이와 공부를 만들어 가야 한다는 엄마표에 집착하고 있는 내 모습이 보였다. 그러면서 동시에 나를 위한 성장에도 동력을 가해야 하니 나는 엄마로서 또 나로서 자꾸 무언가를 채우려는 데 혈안이 되어 있었다.

엄마표에 대한 집착과 늘 아이 곁을 지켜주는 엄마가 좋은 엄마라는 고정된 틀에서 벗어나야 했다. 아이와 같은 공간에서 아이는 아이대로 나는 또 나대로 각자의 생활이 독립될 수 있다는 인식이 필요했다. 코로나의 사회적 거리 두기는 부모와 자녀 간에도 적용되어야 했다. 그럴 때 각자의 삶은 존중 받을 수 있다는 것을 깨달았다.

6월, 여름의 초입에 아이는 학교에 가게 되었고 나는 다시 일하기 시작했다. 집에 있는 동안 미온적이었던 일에 대한 열정을 쏟아내느라 며칠 내리 분주했고 삶은 단어 그대로 동사였다. 그러다 잠시 몸살 같은 슬럼프가 찾아왔다. 열정은 식고 발걸음은 멈추었다. 내 삶을 무기력에 내어주고 나는 한발 물러섰다. 나보다는 가족들이 보였고 내가 읽던 책보다는 베란다 틈에 쌓인 먼지가 눈에 들어왔다. 방콕 육아로 절규하던 엄마보다는 집에서든 하교에서든 상황을 받아들이고 자신의 삶을 온전하게 채워가는 아이들이 보였다.

엄마의 삶이 추구해야 할 균형점은?

코로나로 인한 방콕 육아로 내 생활이 부대낀다는 것은 내가 하던 일을 잠깐 멈추고 주변을 살펴야 하는 신호였다. 내 삶에는 '나'만 있는 것이 아니다. 나의 선택으로 만들어 놓은 가족, 나의 바람으로 만들어진 일과 꿈 역시 내가 되었다. 그 모든 것에는 조화가 필요했다.

이 글은 부산 지역의 도서관에서 주최하는 '여자의 기록 : 나의 코로나'라는 수업에 참여함으로써 쓰게 되었다. 수업의 막바지에 이르러, 선생님께서 물으셨다.

선생님 : '결론을 어떻게 맺어야 할까?' 하고 고민을 많이 하셨는데 결론이 나셨나요?

나 : 지금의 제 상황을 솔직하게 이야기하면 된다고 생각하고 있어요. 엄마와 나라는 역할 사이에 정답 같은 균형점은 없지만, 육아에 치중하다가 또 내 삶에 흠뻑 젖기도 하며, 그렇게 삶의 추가 극단으로 치우치려 할 때마다 그 상황을 눈치채고 중심을 잡으려는 노력이 엄마와 나 사이에 삶이 조화를 이루는 균형점이 아닐까 생각해요.

강미미

코로나 시대의 방콕 육아는 10년 육아의 축소판과 같 았다. 일상의 전부가 육아였던 그 시절도 세월이 흐르고 아이들이 크면서 내 삶이 들어갈 자리를 내주었다. 코로 나가 확산하는 상황에 따라 아이들은 집에서 오래 머물기 도 하고 밖으로 활동 영역을 넓혀 가기도 했다. 그렇게 상 황이 변할 때마다 나 역시 엄마와 나 사이를 오가며 역할 의 비중을 조절해야 했다.

삶은 흘러가는 강이다. 사막에 부는 모래바람이다. 삶은 약속을 정하지 않고 모양을 가지지 않으며 예고 없 이 흘러간다. 코로나 시대도 그렇게 예고 없이 왔다. 코로 나 시대에 다시 방콕 육아를 경험하며 그것이 감옥이란 것을 '인식'했다. 그 마음의 감옥에서 벗어나기 위해 다시 나를 돌아보는 시간을 가졌다. 성장은 문제가 있다는 것 을 인식하는 데서 출발한다. 코로나는 여전히 진행 중이 고 나는 뱀이 허물을 벗듯이 또 한 번 성장했다, 흘러가는 삶의 파도에 나를 유연하게 맡기며 삶의 균형을 찾아간 다. ✿

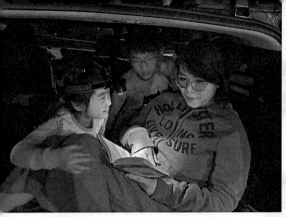

차박 캠핑 나에게 캠핑은 집안 살림의 연속처럼 느껴졌다. 그래서 남편이 차박 캠핑을 시작했을 때도 차 안이 좁고 불편하다는 이유로 남편과 아이들만 캠핑에 보내기도 했다. 방콕 육아에 지쳐 혼자만의 시간을 갖고 싶었지만 아이들 성화에 차박 캠핑에 동행한 날, 책을 읽던 나에게 딸은 쓰고 있던 헤드랜턴으로 불빛을 비춰 주었다. 그러자 아들도 나에게 다가와 살을 비비며 책을 내려다보았다. 내 책 안으로 아이들이 들어왔고 우리는 마치 춤을 추듯 그 상황을 즐기며 웃어댔다. 행복함이 피부를 타고 온몸으로 퍼졌다. 아이가 비춘 불빛은 삶의 균형을 찾아가는 빛이 되어 주었다.

온라인 독서 모임에서 읽었던 책 '엄마들의 치유, 성장, 꿈 찾기'라는 주제에 맞춰 추천해 주신 책이었다. 공감되는 글귀를 필사하며 나와 대화하는 시간을 가지게 되었다.

강미미

책과 커피는 10년 육아의 힐링 아이템이었다. 아이들과 부대낌을 피해 잠깐 커피 한 잔을 즐기려 했지만, 그날따라 커피는 너무 뜨거웠다. 나의 들끓는 마음처럼 말이다.

미니비니 놀이터 코로나로 방콕 육아가 시작되었을 때, 엄마표 놀이를 만들어 아이들과 온종일 놀았다. 휴대폰을 할 틈을 주지 않기 위해 어릴 때 하던 놀이까지 꺼내서 '까꿍이' 시절에 놀 듯 놀아주었다. 아이들은 신났고 나는 재미있을 리 없는 놀이를 하느라 점점 지쳐갔다.

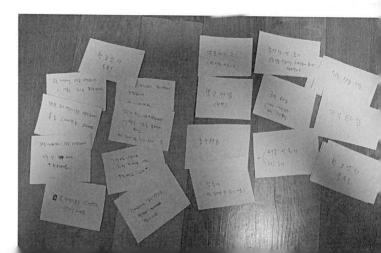

2020년
어느 날의 일기

강수연

또 공무원시험을 준비합니다. 물론 이번에는 비밀리에 하겠습니다.
어쩌다 보니 회식과 경조사에서 자유로워진 시국에서 공시생 생활을
하게 된 평범한 직장인의 일기 몇 장.

2020.02.19.(수)

엄마 환갑이 당장 나흘 뒤다. 요즘 누가 환갑을 챙기느냐 하면서도 엄마는 내심 이번만큼은 챙김을 받고 싶은 눈치였다. 취업한 기간보다 백수였던 기간이 더 길었던 자식들이 이번에는 둘 다 취업해 있으니 친척들 앞에서도 당당할 수 있을 것이며, 아들 딸이 쓰는 돈으로 축하를 받는게 마음이 조금은 편할 거라는 생각이셨을 것이다.

1월부터 대구에 사는 외삼촌들의 전화가 융단폭격처럼 걸려왔다. 하나뿐인 내 여동생, 내 누나 환갑만큼은 이번엔 성대하게 하겠다는 의지를 일주일에 서너 번은 피력했다. 전화를 안 받으면 받을 때 까지 전화를 하는 게 이 집 전통인가, 고명딸을 향한 끔찍한 애정인가. 60분짜리 동영상 강의 하나를 보려 해도 흐름을 뚝뚝 끊어놓아 통화 후 한 시간은 그냥 날려먹곤 했다. 우리 가족 넷 중에

하필이면 나를 꼭 집어서 이러는지, 꼭 공부하고 있을 때만 전화를 하는지. 골이나 다시 집중하기 어려웠다.

물론 삼촌들은 내가 멀쩡히 회사를 다니는 줄 알지, 다시 공무원 시험을 준비할 거라고는 생각도 못했을 것이다. 친척들에게 비밀로 시험을 준비하다 보니 그들의 방문은 나의 멘탈을 흔드는 가장 큰 위협이다. 방안 가득한 수험서들은 어디다 숨겨두어야 하나, 방문을 잠가놓고 회사 출장 중이라며 외박을 해야 하나…. 하지만 이건 당일날 고민하자. 일단 환갑 준비를 하자.

외삼촌들의 성화도 그렇고, 그동안 제대로 챙겨주지 못한 자식들이 만회하겠다는 의지도 있었고, 회사 쉬는 시간, 공부 시간을 쪼개서 이것저것 준비했다. 성인 10여 명이 들어갈 만한 식당 룸을 예약하고, '인생은 60부터'라고 적힌 남들 다하는 케이크 토퍼, 당신을 사랑하고 있다는 현수막도 준비했다. 축하사절단을 위한 답례품에 감사하다는 스티커도 하나하나 붙여 준비했다. 이제 친척들이 와서 함께 축하하면 끝이다.

회사 식당에서 점심을 먹는데 뉴스 속보가 떴다.

"대구경북 코로나19 확진자 13명 추가… 방역당국 초비상."

같이 식사하던 동료가 한마디 한다. "대구 사람들 부

산 못 오게 해야 하는 거 아니에요?" 옆에 앉아 계신 상사도 한마디 거드신다. "지금 환갑잔지 하는 건 너무 위험해. 연기해야겠네."

내가 대구 사람도 아닌데, 못 오게 해야 한다는 말은 내 가슴에 콕 박혀온다. 환갑잔치의 위험성은 충분히 이해되기도 한다. 어쩌면 좋을까. 한 달 넘게 환갑잔치를 해야 한다는 대구 삼촌들을 어떻게 설득할 수 있을까. 심란한 마음에 숟가락으로 애꿎은 흰 밥풀을 눌러댔다.

때마침, 둘째 삼촌의 전화가 왔다.

"우짜노, 지금 대구는 패닉이다. 다음에 조금 진정되면 좋을 날로 잡아서 축하하자. 삼촌들은 이렇게 결정했다."

회사 사람들 앞에서 대구사람들과 환갑잔치를 취소했다는 증거 아닌 증거를 확실하게 보여주어, 그 점은 후련하다. 이렇게 취소될 것이었으면 환갑잔치 준비에 쏟은 내 정성과 시간도 조금 아깝다. 고집으로는 전국에서 공동 1등일 깃반 같은 삼촌들이 저런 결정을 내렸다면 얼마나 심각한 상황인 걸까 걱정도 된다. 무엇보다도 생에 단한 번뿐인 환갑을, 그것도 처음으로 제대로 받아보는 축하를 기대했을 우리 엄마는 얼마나 서운할까. 엄마, 더 좋은 날에 더 멋지게 파티하자.

2020.03.06.(금)

연가를 냈다. 금토일 연달아서 공부하면 딱 좋다. 평일에 온전히 공부만 할 수 있는 시간이 있다는 것이 얼마나 감사한 일인지. 독서실에 1등으로 들어가서 꼴등으로 나오자 다짐했다. 오늘은 한국사를 마무리 해야겠다.

독서실이 밀폐된 환경이라 그런지 예전보다 이용자들이 훨씬 줄어든 듯하다. 덕분에 자동으로 사회적 거리두기를 실천했다. 사람들이 웅성거리기 시작했다. 북구청에서 방역을 하러 나왔다. 40분 정도 정도 걸린다고 한다. 시간을 보낼 곳이 필요하다. 근처 카페는 얼마 전에 확진자가 다녀갔다. 꼭 거기가 아니더라도 왠지 카페는 가면 안 될 것 같았다. 그런데… 갈 곳이 없다. 근처 지하상가를 한바퀴, 두 바퀴… 아직도 20분이 남았다. 아주 천천히 마지막 세 바퀴를 돌았다.

마스크 한 장을 걸쳤지만, 맨 얼굴에 머리를 질끈 묶고 트레이닝복을 입은 30대 여자는 카페를 제외하니 평일 낮에 갈 곳이 없어도 정말 없다. 코로나 때문일까, 스스로의 모습이 민망해서일까. 공부한다는 핑계로 외톨이를 자처했지만, 갈 곳이 없는 외톨이는 철저하게 외로웠다. 두 번 다시는 이런 느낌을 갖고 싶지는 않다. 이번이

강수연

내 인생의 마지막 수험생활이 되도록 하겠다고 다짐하며 다시 독서실로 올라갔다.

식초로 방역을 했는가. 시큼한 냄새가 KF94 마스크를 뚫고 올라왔다. 자리를 잡고 앉아본다. 냄새가 너무 심하다. 안되겠다. 철수. 오늘은 쉬자. 조금 전에 지하상가를 돌며 했던 내 맹세가 무색하게, 빛의 속도로 짐을 싸고 독서실을 나왔다. 오후의 햇살이 너무 밝아서 내 외투를 통과하고 후드티를 통과하고 내 살을 통과해서 그 안에 찌그러진 내 자존감도 비추는 듯해서 부끄러운 날이었다.

2020.06.13.(토)

내가 시험을 치를 고사장은 사하구에 위치한 고바위로 악명 높은 학교였다. 로드뷰를 보았다. '아, 이건 내가 걸을 수 있는 곳이 아니다.' 마스크를 낀 채로 저 언덕을 올라가면, 이 여름날 시험 컨디션에 지대한 영향을 미칠 것이 뻔하다. 혹시나 더워서 열이 난다면, 체온 측정을 하다 고온이라며 입구에서 시험 볼 기회를 놓칠 일말의 가능성도 만들고 싶지 않았다.

코로나로 인한 대중교통 이용이 조심스러웠던지, 나

처럼 고바위를 걸을 자신이 없었던 건지 자차나 택시를 이용해서 시험장에 오는 사람들이 많았다. 어느 때보다 학교 운동장은 자동차로 가득 차 있었다.

　시험장 입구에는 전에 없던 소방대원들과 경찰들이 나와 있었다. 그들 앞에서 체온 측정을 하고, 손소독제를 바른 후 입장을 했다. 고사장의 책상 간격도 넓어졌고, 배치된 수험생들도 10여 명은 줄어든 듯 했다. 시험 내내 창문은 열려 있고, 마스크는 절대 벗어서는 안됐다.

　올해 처음 치러지는 공무원 시험이라는 배려 덕분인지 시험의 체감 난이도는 낮았다. 마스크는 답답했지만, 마음은 후련했다.

2020.09.04.(금)

작년 10월, KT 소닉붐 농구팀을 응원하기 위해 이곳을 찾았었다. 빽빽한 관중들 사이에서 응원가를 부르고, 선수들에게 큰소리로 기합도 넣어주었다. 경기가 끝나고, 시즌 첫 연승을 자축하며 농구코트로 팬들이 뛰쳐나와 선수단들과 하이파이브를 했다. 그 안에 나도 있었다. 이제 막 경기를 끝낸 선수들의 유니폼은 땀으로 젖어 있었고, 온

몸에 맺힌 땀을 채 닦지도 못한 선수들은 가쁜 숨을 헐떡이며 코트를 둘러싼 팬들과 일일이 손뼉을 맞추고 퇴장했다.

아직도 그날의 짜릿한 승리감과 코앞에서 바라 본 선수들의 모습이 생생한데, 오늘 나는 전혀 다른 경험을 위해 여기에 있다. 텅 빈 관중석과 농구 코트위에 설치된 몇 개의 파티션, 정장을 빼입고 자신의 면접 차례를 기다리는 사람들. 낯설다. 곧 면접을 봐야 하는 나는, 올해는 농구 관람을 전혀 할 수 없을지도 모른다는 생각이 스쳐 아쉬운 마음이 들었다가 다시 정신을 차렸다.

면접의 시작을 알리는 종소리가 울리고 파티션을 돌아 들어갔다. 면접관은 두 명. 마스크를 끼고 투명 가림막을 설치한 책상에 거리를 두고 앉아 있었다. 내가 앉을 자리는 그분들과 2m는 넘게 떨어져 있었다.

면접관을 마주하기 직전까지만 해도, 마스크를 착용해서 나의 장점인 건치미소를 보여줄 수 없다는 게 사뭇 아쉬웠다. 하지만 면접을 하는 내내 환한 미소를 띨 일은 없었고, 예상치 못한 질문에 당황한 내 표정을 조금이나마 가릴 수 있는 마스크의 존재에 감사했다. ✿

코로나19와
함께

김현정

지혜롭고 올곧게 살기를 꿈꾸지만, 항상 허둥대고 어리석습니다.
집에서 시간 보내기를 좋아해서, 코로나 19를 겪으며 언택트 자아를
재발견했습니다.

하얀 천

지하철을 타고 가며 마주 앉은 사람을 쳐다본다. 나란히 쭉 앉은 사람들 눈 아래는 하얀 천이 덮여있다. 마치 질병과 전쟁을 치르는 의료진의 하얀 가운처럼. 주검을 살포시 덮은 하얀 천처럼.

바깥에 나갈 때, 코와 입은 하얀 천 아래에서 근신한다. 상대의 마음을 읽을 때 활용했던 구강 관련 정보—입모양, 입술의 각도, 치아의 노출 정도—는 이제 외부활동에서 별 쓸모가 없어졌다. 내 시선은 상대의 눈에 가닿는다. 눈의 표정에 집중한다. 상대의 눈을 보며 그가 무엇을 보고 있는지, 무엇을 생각하고 있는지 짐작한다.

지하철에서 내려 번화가를 걸으며, 나는 긴장한다. 되도록 타인과 스치지 않으려고 거리를 두며 걷는다. 코로나19 팬데믹 이후, 사람들은 바깥 활동을 할 때 사회적 거리를 유지하고, 하얀 천으로 얼굴의 절반 이상을 가리고, 기침하는 사람을 보면 자신도 모르게 몸을 움츠린다. 공공장소에서 하얀 천를 벗으면, 마치 신체를 과다 노출한 것처럼 타인의 시선을 한 몸에 받고 심지어 질타받기도 한다. 물건 사며 휴대폰으로 결제할 때는 FACE ID가 얼른 안 먹힌다. 하얀 천 때문이다. 슬그머니 하얀 천을 내려 FACE 인증을 통과하거나, 비밀번호 여섯 자리를 눌러야 휴대폰 결제창에 접근할 수 있다. 신기술이라던 FACE 인증은 시대착오적인 절차처럼 성가시고 귀찮다. 오히려 지문 인식으로 되돌아가거나 홍채 인식을 발전시키는 편이 낫겠다 싶다.

외출할 때는 옷을 차려입듯 하얀 천을 쓰고, 집에 돌아오면 옷을 벗듯 하얀 천을 벗는다. 집에서 접속하는 온라인 세상에서는 상대의 얼굴과 표정을 온전히 마주한다. 비로소 상대의 입매, 양 볼의 표정까지도 눈 표정과 협응하여 정보화된다. 사회적 거리 두기의 긴장을 풀고, 얼굴 전체를 보며 표정을 읽고, 이야기 나누고, 기침하는 사람을 보면 따뜻한 위로를 건넨다.

사람들은 어제 썼던 하얀 천을 웬만해선 다음날 다시 쓰지 않는다. 설령 다시 사용한다 해도 깨끗이 세탁한 것이지만, 대개 비닐에서 갓 꺼낸 새 천으로 코와 입을 덮는

김현정

다. 마지막엔 콧잔등을 한 번 더 꾹 눌러준다, 오늘도 새 마음 새 뜻으로 근신하라는 무언의 압력처럼. 하얀 천 아래 가만한 코와 입은 언제쯤 온종일 자유로워질까. 언제까지 하루의 반나절은 근신 처분, 나머지 반나절은 근신 해제로 살아가야 하는 걸까.

모닥불과 토끼굴

주말마다 캠핑을 떠나던 남편은 코로나19 팬더믹 이후, 휴일마다 유튜브(YouTube)와 물아일체가 된다. 유튜브에 몰입하는 이유가 무엇일까, 유튜브의 순기능과 역기능은 무엇일까.

수천 년 전 사냥을 하고 돌아온 원시인이 멍하게 불을 쳐다보며 사냥 모드에서 휴식 모드로 전환하였듯이, 현대인은 밖에서 일하고 돌아와 멍하게 TV를 보며 휴식을 취한다는 분석이 있다. 캠핑장 대신 안방에서, 남편은 분명 유튜브를 보며 캠프파이어 즐기듯 아늑한 휴식을 만끽하고 있었다. 심지어 손에 쥐고 어디든 옮겨 다닐 수 있는 자기만의 모닥불이 아닌가!

요즘 코로나바이러스 때문에 사람들이 집에 머무는 시간이 길어지면서 유튜브 시청 시간이 더 늘어나고, 유튜브로 정보 검색까지 하는 경우가 많아진다. 유튜브 시청자는 무려 15억 명 정도로, TV를 소유한 가구 수보다 많다. 유튜브가 성장하게 된 가장 중요한 동력은 알고리즘이다. 개인이 어떤 영상을 선택하거나 선택하지 않은 정보를 바탕으로 알고리즘을 제공한다. 유튜브에서 알고리즘을 제공하는 이유는 이용자가 관심 정보를 더 오래

김현정

시청하도록 유도하여 광고 수입을 극대화하기 위해서이다.

개인 성향을 파악하여 동영상을 소개하는 알고리즘은 편리하다. 입맛에 맞는 음식만 대령하듯 취향에 맞게 동영상을 추천해준다. 가족의 유튜브만 잠시 둘러보아도 그 사람의 취향을 금세 알 수 있다. 문제는 추천 알고리즘의 성향이 한쪽으로 치우칠 수 있다는 점이다. 특히 정치 동영상이나 선정적인 내용과 관련한 동영상에서 편향성이 짙다. 유튜브는 이익을 극대화하기 위해 호기심을 유발할 만한 자극적인 콘텐츠를 선호하는데, 정치나 선정적 콘텐츠가 유튜브의 기호와 잘 들어맞기 때문이다. 유튜브 측은 알고리즘을 개선하고 있다고 주장하면서도, 알고리즘 프로그래밍 정보를 외부에 공개하지 않는다. 표현의 자유와 잘못된 정보 사이를 칼로 무 베듯 선을 긋기 어려우며, 자칫 검열처럼 될 수 있다고 우려한다.

유튜브의 추천 기능을 토끼굴에 비유하곤 한다. 『이상한 나라의 앨리스』에서 토끼굴로 굴러떨어진 앨리스가 기묘한 환상의 세계를 겪었는데, 유튜브의 토끼굴은 '편견'과 '이상한 논리'로 이어지는 통로로 비유된다. 이상한 나라를 돌아다니는 앨리스가 느닷없이 등장한 종이를 발견하고 종이에 적힌 지시어대로 행동하듯이, 유튜브를 누비는 사람들은 알고리즘의 상냥한 안내를 받는다. 그러나 알고리즘의 화살표를 따라 자신의 성향에 맞는 영상을 주로 보다 보면 다양한 시각과 단절될 수 있다. 자칫 그것만이 옳으며 세상 전부라는 편견과 이상한 논리가 난무하는 토끼굴을 더 깊이 파고들 위험이 있다. 하지만, 유튜브의 토끼굴이 언제나 편견과 이상한 논리의 늪으로만 이어진다는 법은 없지 않은가. 환상의 세계를 겪으며 이상한 논리와 슬픔은 자기 상상일 뿐이라고 깨닫고 두려움을 이겨내는 앨리스처럼. 지금까지 알던 세계와 전혀 다른 세계를 호기심 어린 눈으로 여행하는 앨리스처럼.

이런 면에서, 아무 생각 없이 자료를 받아들이기보다는 추천받지 않은 다양한 콘텐츠에도 관심을 가질 필요가 있다. 나와 반대되는 생각을 하는 사람들의 목소리나 다양한 의견을 들으며 내 생각을 되돌아보고 정리하는 시간은 꼭 필요하다. 다양성을 인식하고 객관적인 시각을 가진 후에야 현명하게 선택할 수 있기 때문이다. 자신의 유튜브 토끼굴이 편견의 늪으로 빠지는 통로일지, 정보의 신세계를 누빌 통로일지는 스스로 결정해야 한다.

김현정

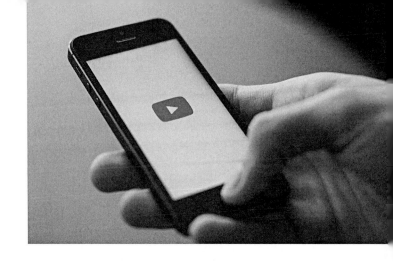

나의 속도, 세상의 속도

며칠 전 자동차로 서울에 다녀왔다. 아무 생각 없이 운전하다가 자동차 경고음에 번쩍 정신을 차리니, 제한속도 시속 100km 경고음이었다. 텅 빈 고속도로에서 나도 모르게 시속 140km 정도로 쌩쌩 달리고 있었다. 황급히 제한속도까지 속력을 줄이자, 마치 보행기를 밀고 가듯 답답하고 느려터진 것 같은 기분이 들었다. 나는 왜 그 정도의 속력을 줄이고도 답답함을 느꼈을까?

우리나라 최초의 열차 개통식과 시승 소감을 실은 기사를 읽은 적 있다. 1899년 9월 19일 자 독립신문에 영등포와 인천을 왕복한 기차 모갈(Mogul, '거물'이라는 뜻)

1호를 시승한 소감이 기사에 실렸다. 기자는 '열차에 앉아 창밖을 내다보니 산천초목이 모두 활동하여 닿는 것 같고 나는 새도 미처 따르지 못했다.'고 적었다. 영등포에서 인천까지 약 32km 거리를 1시간 40분 만에 도착했고, 평균 시속 20km 정도였다. 서울에서 인천까지 꼬박 하루를 걸어서 가던 시절이었으니, 최대 시속 40km가 날아가는 새도 따돌리는 속도라고 느낄 정도로 기차의 속도는 한 번도 경험해보지 못한 놀라움 그 자체였을 것이다. 그때부터 120년이 지난 요즘은 시속 300km로 KTX가 질주한다. 심지어 테슬라(TESLA)의 일론 머스크(Elon Musk)는 시속 1,200km의 하이퍼루프를 꿈꾼다. 자동차로 6~7시간 걸리는 샌프란시스코↔로스앤젤레스를 30분 만에, 자동차로 5시간 걸리는 서울↔부산은 16분 만에 갈 수 있다. 2055년쯤엔 시속 3,000km 속도의 하이퍼루프를 타고 세계는 일일생활권이 된다고도 예측한다. 120년 만에 세상은 천지개벽한 듯 이동 수단의 속도가 빨라졌고 사람들의 활동 영역을 넓혔다. 내가 시속 140km로 달리다가 시속 100km로 속도를 줄이며 느꼈던 답답함은 어쩌면 당연한지도 모른다.

김현정

코로나19 팬데믹 이후, 사람들은 외부활동을 할 때
보다 온라인상에서 만날 때 사회적 거리감을 덜 느낀다.
온라인 세계는 먼 거리에 있는 사람을 실시간으로 이어
준다. 그 속에서 사람들은 사회적 접촉 때문에 생길 수 있
는 전염 걱정 없이 마음 편히 소통한다. 집에 머무르며 화
상통화하고 업무를 처리하고 토론하고 안부도 묻는다. 유
튜브로 실시간 강연도 듣고 공연도 관람한다. 지금까지는
주로 이동 수단에 내 몸을 싣고 이곳저곳 다니며 일을 해
결했다면, 이제는 내 몸은 가만히 둔 채 온라인에 내 표정
과 목소리를 싣고 세상을 누빈다. 120년 전 기자가 쓴 '산
천초목이 모두 활동하여 닿는 것'처럼, 가만있는 내 곁에
세상이 활동하며 툭툭 닿았다가 스쳐 간다. 내 몸의 속도
는 거의 없어졌지만, 거대한 속도를 내며 움직이는 세상
속에서 심리적 속도감을 느낀다. 언젠가는 심리적 속도감
에 맞춰 몸의 속도감도 더욱더 빨라지겠지, 새로운 속도
에 경이로움을 느끼다가 그 속도에 어느덧 익숙해지겠지,
라는 생각이 문득 들었다.

　　　　　　　　김현정

조각, 더미, 산더미... 다시, 조각

"이번에 이식한 폐는 이십 년은 너끈할 거예요."

2070년 여름, 나는 백 살이 되었다. 그리고 어제, 갈비뼈 아래에 플라스틱 폐를 이식했다.

플라스틱 폐를 이식한 김에 오늘은 플라스틱 이야기를 좀 해보겠다. 내가 겪었던, 전 세계를 강타한 사건·사고—1986년 체르노빌 원전 사고, 2003년 사스, 2011년 동일본대지진, 2015년 메르스, 2020년 코로나19 팬데믹—중에서 꽤 위협적이면서도 답답했던 건 코로나19였다. 웬만하면 집에 머물러야 했고, 재택근무, 온라인 학습으로 사회적 틀이 급전환했으며, 한동안 공항은 한적하다 못해 적막하고 스산했다.

플라스틱 쓰레기 더미가 순식간에 산더미가 된 것도 코로나19 팬데믹 이후였다. 오십 년 전, 한창 먹성 좋던 우리 집 아이들도 외식하고 싶을 때마다 배달음식을 주문한 탓에 금세 플라스틱 쓰레기가 두세 배로 늘었다. 쓰레기를 분리 배출하던 어느 날, 장례식장에서 쏟아져나오던 플라스틱 쓰레기 더미를 보며 느낀 좌절감이 문득 되살아나서 아찔했던 적이 있었다. 그토록 많은 쓰레기가 쏟아져나오는데 나 하나 애쓰는 게 무슨 소용일까,라는 두려움 같은 것. 두려움은 현실이 되었다. 집에서 머무는 시간이 길어질수록 플라스틱 쓰레기와 택배 박스가 늘어났다. 결국 사람들이 감당하기 버거울 정도로 플라스틱이 쌓였고, 종이 박스 만드느라 나무는 줄어들었다. 수십 년, 수백 년 더디게 자란 나무를 순식간에 베었다. 코로나바이러스에 집단 면역이 생기기까지 2년간, 우리는, 뭔가를 베어내고 뭔가를 쌓아가고 있었다.

시간이 지나며, 늘어난 플라스틱 쓰레기를 재활용하는 대책과 기술이 생겨났다. 오대양을 떠돌며 한데 모인 플라스틱 위에 콘크리트를 부어 거대한 섬을 만들었다. 또 플라스틱으로 섬유를 만들고, 도로를 깔고, 건축 소재로 널리 쓰고, 연료로 쓰고, 인공 장기도 만들었다. 나의 새로운 폐도 재활용 플라스틱이다. 속살처럼 보드랍고 얇은 주머니 모양의 플라스틱. 백 살 몸에 들어와 이십 년은 너끈히 버텨줄 거라는 플라스틱.

"내가 죽으면 이 폐는 어쩌나요? 오랜 세월이 흘러야 썩겠지요?"

"플라스틱 분해 효소를 넣으면 그렇게 오래 가진 않아요. 10년 정도면 충분히 분해됩니다. 아주 빨라졌죠."

요즘은 사람이 죽으면 모두 급속 연소한다. 나처럼 플라스틱 인체 장기를 이식한 사람이 숨을 거두면, 이식

김현정

한 플라스틱 장기를 따로 빼내고 화장한다. 환경오염을 최소화하기 위해서다.

"내가 세상을 떠난 뒤에도, 플라스틱 폐는 어디엔가 남아 서서히 사라지겠군요."

먼바다에 플라스틱 아일랜드를 짓고도 아직 산더미 같은 플라스틱을 분해하려고 슈퍼효소를 쓰기 시작한 지 꽤 됐다. 내 담당 의사는 10년이면 효소가 플라스틱을 분해하고도 남을 정도라고 자신했지만, 완전히 분해되는지는 아직 확신할 수 없다. 적어도 남편은 그렇게 믿었다. 나노(nano)보다 10억 배 작고 피부 세포 사이도 침투한다는 미세 플라스틱이 완전히 분해되는지 아직 모른다고, 그냥 그렇다고 하니까 그런 줄 아는 거라고, 그렇다고 믿는 게 마음 편해서라고, 그는 말했다.

몇 년 전, 먼저 세상을 뜬 남편은 플라스틱 장기를 이식하지 않았다. 사실 그는 겁이 많은 사람이었는데, 한편으로는 꿋꿋한 소신도 있었다. 그 사람은 대량의 플라스틱을 분해하는 슈퍼효소도 위험할 거라고 생각했다. 수많은 플라스틱 쓰레기를 효소가 분해하면서 생길 수 있는 문제랄지, 과연 완벽하게 분해할지, 사람 몸에 이식했던 플라스틱이나 분해된 미세 플라스틱이 생태계에 어떤 악영향을 미칠지 우려했다. 그래서 그 사람은 자신의 소신과 가치관을 좇아 타고난 몸 그대로 살다 갔지만, 나는 조금 더 삶을 누리는 쪽을 택했다.

세상은 무서운 속도로 변했고 우리도 변화했다. 때때로 큰 실수도 저질렀고 어처구니없는 재해도 겪었다. 수십 년 전부터 갑자기 늘어난 플라스틱 쓰레기, 재활용, 미세 플라스틱, 독성의 연결 고리 속에서 우리는 상황을 받아들이고 어떻게든 적응하며 살아왔다. 세상이 변하는 속도와 똑같이 우리가 변할 수는 없었지만, 플라스틱이 분해되는 속도만큼이나 더디게, 서서히 우리는 진화했다. 나도, 내 자손들도, 그 후세도 그렇게 한계와 씨름하고 적응하며 살아갈 것이다. 무언가는 잃고 무언가는 얻으면서. ✺

모닥불과 토끼굴

- 원시인의 불과 현대인의 TV를 연결하여 분석한 내용은 『도시는 무엇으로 사는가』(유현준, 을유문화사) 229~230쪽에서 인용하였다. 관련 내용은 다음과 같다. "선사 시대 때 사람들은 동굴에서 살았다. 동굴에서 모닥불을 피워 놓고 사람들이 그 주변으로 모여 앉아 움직이는 불을 쳐다보고 그 위에서 밥도 해 먹었을 것이다. 최초의 집, 동굴에서 집의 중심은 모닥불이었다. 세월이 지나서 현대인의 집의 중심은 TV이다. 가족들은 모두 거실에 모여 앉아 움직이는 불의 변형이라고 할 수 있는 TV 화면을 바라본다. 심리학자들에 의하면 과거 남자들은 밖에서 목숨을 걸고 사냥을 했고 집에 돌아오면 멍하게 불을 쳐다보면서 밖에서의 긴장감을 풀었다고 한다. 불을 쳐다보는 시간은 사냥 모드에서 휴식 모드로 바꾸는 과정이었다는 것이다. 마찬가지로 경쟁이 심한 현대 사회에서 밖에서 일하고 돌아온 남편은 최소 30분은 멍하게 TV를 보아야 정신 모드가 집으로 돌아온다고 한다. 그래서 부인들은 남편이 집에 돌아오자마자 TV 보는 것을 이해해 주어야 한다는 이야기다. 집에서 TV를 많이 보시는 남편들이 들으면 좋아하실 이야기이다. 원시 시대 때의 모닥불은 현대에 와서 거실의 TV와 부엌의 가스 불로 나누어졌다. 음식을 하는 불이 부엌으로 이동하면서 현대인은 거실이라는 것을 갖게 되었고, 그 거실에는 불의 흔적으로 TV가 남아 있는 것이다. 이렇듯이 사람이 사는 모습은 수천 년의 시대가 지나가도 그 형식이 조금 바뀔 뿐 그 본질은 크게 바뀌지 않았다."
- 시사주간지 『시사IN』의 '2020년 대한민국 신뢰도 조사 실시' 결과에 따르면, 우리 국민이 가장 신뢰하는 언론매체는 유튜브와 네이버인 것으로 나타났다.

<시사IN 조사, 가장 신뢰하는 언론 매체는 유튜브, 네이버> https://news.naver.com/main/read.nhn?oid=127&aid=000003008

- 전 세계 유튜브 시청자 수에 관한 자료와 '편견의 토끼굴' 비유는 다음 기사에서 인용하였다. 2018년 2월 기사이므로 지금은 유튜브 이용자 수가 더 늘어났을 것으로 예상한다. <'Fiction is outperforming reality': how YouTube's algorithm distorts truth> https://www.theguardian.com/technology/2018/feb/02/how-youtubes-algorithm-distorts-truth

- 유튜브 측의 입장에 관한 관련 기사는 다음과 같다. <YouTube: 'We don't take you down the rabbit hole'>(2019년 7월) https://www.bbc.com/news/technology-49038155

- Netflix의 다큐멘터리 <소셜딜레마>에서는 알고리즘이 개인의 시각과 판단을 어떻게 왜곡할 수 있는지 다룬다. https://www.netflix.com/kr/title/812 54224?trkid=13747225&s=i

나의 속도, 세상의 속도

- 1899년 9월 19일 기사에 관한 내용은 다음 자료에서 인용하였다. 문화콘텐츠닷컴 <간이역과 사람들> http://www.culturecontent.com/content/contentView.do?search_div=CP_THE&search_div_id=CP_THE010&cp_code=cp0803&index_id=cp0803000 4&content_id=cp080300040001&print=Y

- 하이퍼루프 관련 내용은 다음 책과 기사에서 인용하였다. 『엘런

머스크의 가치 있는 상상』(오세훈, 아틀라스북스), 185~189쪽.
<[테크톡] 서울-부산 16분 '하이퍼루프' 상용화는 2040년?>
http://news.kbs.co.kr/news/view.do?ncd=5048195&ref=A
- 2055년 전 세계 1일 생활권에 관한 기사는 『세계미래보고서
  2055』(박영숙·제롬글렌, 비즈니스북스) 24~25쪽에서
  인용하였다. "3. 전 세계 1일 생활권 : 사람들은 아주 빠른
  시속 3,000킬로미터 속도의 하이프루프 진공자기부상열차를
  타고 이동하여 세계는 1일 생활권이 된다. (후략)"

조각, 더미, 산더미... 다시, 조각

- 코로나바이러스 집단면역은 항구적이지 않다. 그해에
  접종한 백신이 바이러스에 적중했을 때만 일시적인
  집단면역이 생긴다. 우리에게 익숙한 독감과 흡사하다.
  만약 그해 바이러스 변이가 생겨서 백신이 적중하지
  못한다면, 다시 팬데믹에 맞닥뜨릴 수도 있다.
- 플라스틱을 분해하는 효소에 관한 내용은
  다음 기사에서 인용하였다.
  <플라스틱 폐기물 분해 효소 개발, 미생물 보다 6배
  빨라> http://www.thescienceplus.com/news/ne
  wsview.php?ncode=1065597674005089

슬기로운
코로나 생활

별숲

폭풍우 치는 깜깜한 밤에도 빛을 비추어 안전하게 귀가를 도울 수
있는 등대와 같은 상담가가 되기를 꿈꾸는 상담가이자 꼬마의 맘이다.

2020년 우리에게 온 코로나 19. 코로나 바이러스보다 내게 무서운 것은 온종일 집에 있는 우리 아이, 꼬마(집에서 부르는 우리 아이의 애칭이다)의 개학이 계속 연기되는 일이었다. '일주일 후에는 학교에 가겠지.' '아니야.' '3주가 지났으니까 이제는 가겠지.' 설마 했던 우려는 2달이 훌쩍 넘어 5월부터는 온라인으로 줌(Zoom) 수업을 했다. 줌은 회사에서 해외지사 사람들과 회의를 할 때 사용하는 것인 줄로만 알았다. 그렇게 줌 수업은 학생들에게 일상이 되었다.

　하염없는 기다림 끝에 6월부터 꼬마는 일주일에 두 번 혹은 세 번 학교에 간다. 항상 밖에 나가서 왕성하게 일을 하던 나에게 코로나는 철창 없는 감옥 같았다. 온종일 집에서 아이 식사와 학습 점검, 되풀이되는 가사 노동에 지쳐 이부자리에 누워 있는 시간이 늘어나고, 머릿속은 하얗게 백지가 되어갔다. 심지어 적당한 한국말이 제

때 바로 나오지 않아 당황스럽기까지 했다. 그뿐 아니라 운동도 하지 않고 집에서 먹기만 하니 '확찐자'*가 되고 있었다. 삶이 무기력해지고 낙이 없어졌다. 그렇지만 나에게는 반짝반짝 빛나는 꼬마가 있다. 힘든 코로나 상황을 어떻게 하면 꼬마와 슬기롭게 헤쳐 나갈 수 있을까?

확찐자 셋

나에게는 아주 사랑스러운 꼬마가 있다. 태어났을 때 몸무게가 3.84kg. 부산의 규모가 큰 병원에서 우량아로 2등을 했고, 상위 15%에 들었다. 커가면서 음식의 호불호가 확실해지더니 점점 살이 빠져 평균 미달의 몸무게를 유지했다. 꼬마는 코로나 직전 겨울 방학 한 달 동안 외국에서 보냈다. 그 곳 음식이 입에 맞지 않아 자체 다이어트가 되었고, 몸이 더 말라있었다.

　그러나 코로나 발생 이후, 계속 집에 머물면서 할 일도 없고 활동량이 줄자 군것질이 늘었다. 달콤한 것을 우

---

*　확찐자 : 코로나 19 감염 우려로 외출을 사세하면서 집안에서만 생활하다 보니 활동량이 급감해 살이 확 쪄버린 사람을 낮잡아 이르는 신조어.

걱우걱 씹으면서 스트레스를 풀지 않았을까 싶다. 평소 꼬마는 이 썩는 것이 싫어서 과자 1봉지만 먹었다. 그러다가 점점 초콜릿, 주스, 아이스크림, 빵 등 종류도 다양해지고 2개, 3개 양도 늘기 시작했다.

살이 찐 이유를 살펴보니 양도 그렇지만 식단에도 문제가 있었다. 평균 몸무게보다 적게 나가 잘 먹이고 싶은 마음에 닭, 오리, 돼지, 소고기를 점심, 저녁으로 바꾸어 가며 먹였다. 처음에는 매우 즐거워하며 "엄마 고마워요"를 연발했는데 여름이 되자 "엄마! 닭고기와 오리고기에 싫증이 났어요. 그만 주세요."라고 했다. 얼마 전부터는 나도 다이어트를 하려고 닭 가슴살을 전자레인지에 데우고 있었다.

"우웩! 닭고기 냄새가 너무 싫어요. 엄마! 나주시려는 거 아니죠?"

"그럼, 이 닭 가슴살은 살찐 엄마 꺼야!"

"흏, 디행이다."

그러면서도 기름에 튀긴 치킨을 좋아하는 것은 무슨 이유일까. 그날 이후로 메인 식단에 소고기와 돼지고기, 식물성 단백질인 두부를 추가했다. 확찐자의 심각성을 본격적으로 인식한 것은 10월이었다. 집에서 꼬마의 키를 재고 스트레칭을 하다가 장난삼아 누구 허리가 더 가는

지 줄자로 재어 보았다. 꼬마의 허리가 나보다 2.5인치 두꺼운 것이 아닌가. 허리둘레는 목둘레에 비례한다고 목둘레도 나보다 더 두꺼워지고 목 길이도 짧아졌다. 이러다가 소아비만이 되는 건 아닌지 나의 동공이 심하게 흔들렸다. 코로나 직후 몸무게를 잴 때 나는 '아이고, 잘 크네.'라고만 생각했고 "통통하게 살이 찌면 키로 다 갈 거야!"라고 꼬마에게 자신있게 외쳤는데 그게 아닌 것 같았다. 꼬마도 허리 치수를 보더니 '아! 내가 살이 많이 쪘구나!' 조금 불편하게 생각했다. 그러다 며칠 전 아이 아빠가 꼬마에게 충격적인 말을 했다. 친구들 앞에서 "우리 집에 확찐자가 있어! 살이 돼지만큼 쪘더라고."하며 놀리듯이 장난을 쳤다. 꼬마는 아빠가 돼지라고 놀리니 속상해서 눈물을 보였다.

결국 아빠가 극단의 결정을 내렸다. 아빠도 확찐자가 되어 간다면서 함께 온천천을 걷고 오자고 제안했다. 꼬마는 가기 싫어서 입이 오리만큼 튀어나왔다. 아빠와 꼬마는 30분 동안 산책을 다녀온 후, 요가 매트 위에서 나이 비례만큼 팔굽혀펴기와 윗몸 일으키기를 했다. 운동 후 30분 동안 자유 시간을 보상으로 주었다. 꼬마는 미소를 짓더니 1시간동안 게임을 했다. 과연 우리는 체중을 감량할 수 있을까?

by 꼬마

전주 한옥마을

4년 전, 한옥마을에 갔을 때는 인파에 떠밀려 여기가 전주인지, 외국인지 정말 정신이 없었다. 그런데 이게 웬일인가? 코로나 때문에 전주 한옥마을에 관광객이 없었다. 사실 코로나 상황 속에 여행은 무섭다. 가기 전부터 확진자 수를 확인하고 또 확인했다. 감사하게도 우리가 갔을 당시 확진자 수는 늘어나지 않았다. 한옥 복층으로 숙소를 잡았는데 그곳도 한산했다. 먼저 짐을 풀고 한옥마을을 둘러보기 위해 밖으로 나왔다. 오기 전에 첫째 날은 전주 한옥마을 스탬프투어, 이튿날은 전동성당 방문으로 계획을 잡았다. 스탬프 투어는 핸드폰에 투어 앱을 깔면 한옥마을 관광 추천 코스가 3가지 나오는데 그곳을 방문하면 미션 완료 도장이 찍힌다. 코스를 선택하기만 하면 그곳에 관한 설명도 해주는 것이 장점이다. 그리고 코스 하나를 완료하면 선물을 준다. 특히 공짜 선물이 매우 좋았다. 무엇보다도 전주 관광의 묘미는 한복이다. 한복을 대여하러 갔을 때 손님이 너무 없어서 가게마다 호객행위가 심해 조금 안타까웠다. 미안한 마음을 뒤로하고 숙소와 자매결연을 맺은 가게를 찾아갔다. 가격할인을 받기위해서다. 사장님은 기쁘게 우리를 맞이해주셨다. 친절하게 나의 긴 머리를 땋고 돌돌 감아 새색시처럼 예쁜 올림머리를 만드는 것은 기본, 꼬마와 커플로 한복을 예쁘게 코디해 주셨다. 한글이 적혀있는 아름다운 한복을 입고 아씨처럼 조신하게, 선비가 된 꼬마와 하루 종일 텅 빈 거리를 걷다보니 정말 즐거웠다.

카약 타기

낙동강 생태 습지에 울 꼬마 산후조리원 동기** 친구와 카약을 타러 갔다. 10월 말 가을. 드라마 '도깨비'의 대사처럼 정말 날이 좋았다. 카약을 타기로 모인 사람은 다섯 팀. 친구들 빼고는 모두 모르는 사람들이었다. 마스크를 하고 있으니 누가 누구인지 알아보기가 정말 힘들었다. 이번이 꼬마의 2번째 카약이고 나에게는 3번째였다. 하지만 나는 노를 별로 저어 보지 않았기 때문에 초보와 다름없었다. 앞으로 가는 법, 후진하는 법을 배울 때 처음에는 "너 때문이야!" 노래를 부르며 서로에게 비난의 말도 했다. 낙동강 중간부터 노 젓는 법을 완전히 익히고 우리에게는 평화가 찾아왔다. 드디어 다섯 팀에 자유시간이 주어졌다. 모두 자기가 가고 싶은 곳으로 가 멀리서 다른 카약 팀들을 볼 수 있었다. 나는 신발을 벗고 발을 낙동강 물에 쏘옥 담갔다. 발을 아이처럼 첨벙첨벙하며 물을 튀겼다. 시원함이 뼛속을 지나 정수리까지 올라왔다. 지금까지 스트레스가 모두 날아가는 기분이었다. 마스크를 잠시 내렸다. 맑은 공기가 폐 속으로 들어왔다. 얼마 만에

** 산후조리원에서 같은 날 아이를 출산해 성기직으로 만나 아이들의 성장 이야기를 나누는 모임.

by 꼬마

느껴보는 마스크 없는 자유인가? 물 위로 뛰어오르는 물고기, 갈대밭에 숨은 게들, 하늘을 나는 비행기, 갈대밭 위로 바람이 불고, 강 한복판에 있으니 우리를 중심으로 지구가 도는 것 같다.

우리들만의 언택트 마라톤

세이브 더 칠드런에서 '국제 어린이 마라톤'을 개최한다는 소식을 들었다. 국내외 아동을 보호하고, 치료·예방이 가능한 질병으로 사망하는 5세 미만 영유아의 사망률을 낮추자는 취지가 좋았다. 또 '비대면 개별 달리기' 형식으로 진행된다는 말에 안심이 되었다.

먼저 함께 참여할 동지들을 모았다. 그들은 바로 책을 읊는 엄마***들과 아이들이다. 중학생 누나들까지 모두 16명이 온천천에 모였다. 마라톤 전에 세이브 더 칠드런에서 보내준 아동 권리 체험 북을 학습했다. 만 18세 미만의 모든 사람을 아동이라고 하고, 아동의 권리에는 생존

*** 초등학교에서 1학년 자녀를 대상으로 동회책을 읽어줄 자원봉사자를 모집함. 책 읽어주는 엄마로 만나 아이들과 함께 자원봉사와 체험활동을 함.

별숲

슬기로운 코로나 생활

권, 보호권, 발달권, 참여권이 있으며 구체적인 것들은 권리 빙고 게임을 통해 알아갔다. 전 국민이 아는 국민체조로 몸을 풀고 드디어 마라톤을 시작했다.

광안대교 마라톤 이후에 오랜만의 도전이다. 그동안 많은 참가자와 함께 모여 달리는 것에 익숙해져 있었기 때문인지 '탕'하는 총소리, 많은 마라토너가 없어 무언가 허전했다. 그런 내 마음을 알았는지 온천천을 달리다 보니 다른 참가자를 만났다. 먼저 "안녕하세요." 하고 인사하는 가족을 향해 우리도 반가워 웃으면서 큰 소리로 "반갑습니다."라고 인사를 했다. '우리 말고 다른 이들도 참가했구나!'하는 동질감과 '세상은 더 좋아질 거야!'라는 생각에 발걸음이 더 가벼워졌다. 개별 달리기를 하면서 1㎞마다 주어지는 체험 미션을 수행하다 보니 "엄마! 마스크를 하고 달리기 너무 힘들어요." "마스크 때문에 숨이 안 쉬어져요." "꽃이 예뻐요! 사진 찍고 천천히 가요." "엄마에게 새를 보여 주고 싶었는데 엄마 왜 이렇게 늦게 왔어요." 저마다 이야기한다. 우리는 4.2195㎞를 낙오자 없이 우분투****정신으로 완주해 흐르는 땀을 닦아주며 메달

****　아프리카 코사족 말로써 '네가 있어 내가 있다. 나는 곧 우리'라는 뜻. 공동체와 연대 정신을 상징하는 말.

을 걸고, 함께 손뼉을 쳐 주었다. 저마다 기질이 다르다 보니 앞만 보고 빨리 달려가는 아이, 친구랑 꼭 같이 가고 싶은 아이, 늦게 천천히 걸으며 나무, 풀, 보리 싹 등을 구경하는 아이, '나이는 모두 같아도 자신만의 개성을 가진 아이들이 코로나 속에서도 잘 자라나는구나!'하고 흐뭇해졌다.

모자 뜨기와 학원

코로나 속에서도 겨울은 찾아왔고 모자 뜨기의 계절이 돌아왔다. 우리는 매년 세이브 더 칠드런에서 하는 신생아들을 위한 모자 뜨기 자원봉사에 참여하고 있다. 매번 잘하던 울 꼬마는 올해는 힘들다고 투정을 부렸다. "유치원 때는 150cm나 되는 긴 스카프도 혼자서 잘 만들더니 왜 그래?"하고 물으니? "그때는 할 일이 없었잖아요." 한나. 지금은 공부도 해야 하고 학원도 가야하고 바쁘고 힘들다나. 그 마음이 조금 이해가 되기는 했다. 울 꼬마가 다니는 학교는 과밀 초등학교라서 일주일에 두, 세 번 A, B팀으로 나누어 학교에 간다. 학교에 가지 않는 날에는 온라인 학습을 하는데 울 꼬마는 1시간 ~ 1시간 30분이면 모든 수업을 마치고 배움 공책까지 완료한다. 학습량이 너무 적다 보니 걱정이 이만저만이 아니었다. 코로나가 무서워서 3, 4월에는 학원을 안 보내고 집에서 영어 과외와 축구만 시켰는데 '이제 더 놀릴 수는 없다!'하고 안 시키던 사교육을 본격적으로 시작했다. 영어, 수학, 과학, 논술, 드럼... 거기에 수반하는 학원 과제들 바쁘긴 바쁘다. 안 다니던 학원까지 다니려니 얼마나 피곤할까?

별숲

가정에서 슬기로운 생활

학교에 가지 않는 날이 많다 보니 꼬마와 함께 머리를 맞대고 무료함을 달랠 방법을 모색했다. 유튜브(Youtube)에서 달고나 커피를 보고 꼬마가 "엄마 요즘에는 달고나 커피가 대세에요!" 하면서 혼자 열심히 젓고 또 젓는다. "엄마 찬스 쓰지? 엄마가 도와줄까? 기계로 안 해서 팔이 너무 아프겠다." "아니에요. 내 힘으로 만들어 드릴게요." 평소에는 커피를 마시지 않지만 아들이 1000번 넘게 저어서 만든 달콤한 달고나 커피는 추억의 달고나 뽑기를 생각나게 한다. 핀으로 콕콕 찍어서 십자가나 별을 완성하면 붕어모양 설탕 과자를 받았는데.

엄마 친구가 아프다고 이야기했더니 밥상을 차려 주겠다고 한다. 종이를 들고 와 동그라미와 글자를 쓰더니 은행장이 되어 돈을 만든다. 그릇에 자신이 만든 돈을 가득 담아 한 상 차려 놓고는 빨리 나으라고 이모한테 사진을 찍어 보내라고 한다. 사진을 본 친구는 감동이라며 따뜻한 마음을 소유한 꼬마를 둔 내가 부럽단다. 내가 가장 좋아하는 것은 생일날 받은 설거지, 안마 쿠폰이다. 피곤한 날에 이용하면 안성맞춤이다.

엄마, 아빠 결혼 기념으로 무언가를 해주고 싶다며

열심히 조물조물하더니 맛있는 쿠키를 만들어 준다. 1, 8, 6은 각자의 생일이 있는 달이다. 아빠가 못 맞추니 "아빠 너무해!" 한다.

화석 만들기- 인터넷에 검색하면 화석 만들기 재료를 3천 원에 구입 할 수 있다. 지점토로 틀을 만들어 자신이 원하는 모양을 찍은 후 석고 용액을 부으면 완성된다. 화석에 관한 책과 함께하면 초등 4학년 과학수업이 절로 된다.

실내 가습기 만들기- 부직포 또는 펠트지를 반으로 접어서 1cm 간격으로 가위질을 해 돌돌 김밥 말듯이 말아서 끝을 글루건으로 고정하면 된다. 수국 가습기 완성!

핸드 메이드 수국 가습기

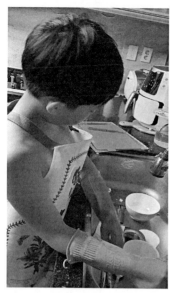

쿠폰 사용으로 설거지하는 꼬마

꼬마가 만들어 준 11주년 결혼 기념 쿠키

슬기로운 코로나 생활 79

컵에 물을 담아 꽃을 담그면 삼투압 현상으로 건조한 실내 환경을 개선 할 수 있다.

체험을 통한 슬기로운 생활

부산광역시 통합예약 서비스(http://reserve.busan.go.kr/)에 들어가면 무료로 체험할 수 있는 것이 아주 다양하다. 올해에 체험한 것으로는 다도체험, 역사체험, 염색체험, 목공체험, 낙동강 습지 탐험, 지질공원 해설사와 떠나는 지구 시간 여행 등이다. 코로나 상황이다 보니 사회적 거리 두기가 2단계로 상향되지 않으면 사전 예약을 통해 체험 할 수 있다. 작년에 체험했을 때에는 인원이 많았지만, 코로나로 인원제한이 있어서 소수로 체험 할 수 있기 때문에 안전하고, 조금 더 오붓하게 즐길 수 있다.

2020년 12월이다. 우리나라는 의료체계가 잘 잡혀 있고, 열심히 봉사하는 의료진들과 적극적으로 협조하는 국민들이 있기에 코로나 확진자 수가 줄어들어 조금씩 잠잠해지는 듯 했으나 제3차 팬데믹이 시작했다. 확진자들이 이틀연속 500명대다. 정말 지치고 무섭다. 그러나 11

월에 백신이 개발되었으니 조금씩 제자리를 찾아가기를 희망한다. 우리는 확찐자가 될 수 없다고 각자에게 맞는 운동을 시작해서 몸무게도 줄이고 건강한 몸을 만들고 있다. 코로나로 멈추어져 있을 것만 같았던 1년의 생활. 갇혀 있다는 답답함에 처음에는 힘들었지만 시간이 지나면서 나의 안전을 지킬 수 있는 지혜와 요령이 생겼다. 마스크를 쓰고 걷고, 뛰고, 운동도 한다. '기록하는 여자들' 글을 쓰다 보니 한 해의 일정과 사진을 찾아보면서 내일이 없을 것만 같았던 시간 속에서도 '슬기롭게 잘 지냈구나!'하는 감사와 나의 사랑하는 가족, 친구들이 있어 함께 웃을 수 있어서 행복하다.

P.S.
반짝반짝 빛나는 꼬마와 10자 인터뷰
1. 너에게 코로나는? 주변에 있는 두려운 존재.
2. 코로나로 달라진 것은 무엇이 있나요? 학교에서 친구랑 못 논다.
3. 코로나로 좋았던 기억? 전주 한옥마을에서 게임.
4. 코로나로 힘들었던 기억? 마스크 쓰고 다니기 힘듦.

5. 코로나가 계속 된다면? 복장이 폭발을 할 것 같다.

6. 코로나가 끝나면 가장 하고 싶은 일은? 친구들과 여행을 가는 것. ✹

코로나19가
준 깨달음

손은주

작년 한 해는 코로나 19로 인해 잃었던 것이 분명 많았다. 그런데 글을 쓰면서 비로소 알게 되었다. 그로 인해 소중한 많은 것을 다시 찾을수 있었다는 것을.

금방 지나갈 일이라고… 쉽게 생각했다.

아이들도 나도 코로나로 인해 개학이 미뤄진 첫 2주는 현재 상황을 대수롭지 않게 여기며 보너스로 받은 봄방학 정도로 가볍게 생각했던 것 같다. 마침 우리 가족은 일주일간 제주도로 가족여행을 다녀온 뒤라 여행의 여운이 채 가시질 않았기에 마음을 차분하게 가라앉히고 일상으로 돌아올 마음의 준비가 필요한 참이었다. 2주 정도의 시간이면 지난 학년도 돌아보고 새 학기 준비에 필요한 노트나 기타 용품들, 책들을 구비하면서 천천히 신학기를 준비할 수 있있나. 내게 필요한 시간적 여유가 생겼으니 그리 나쁘진 않은 조건이라 여겼는데 그 2주는 또다시 2주 다시 4주로 연기되고 어느덧 3월을 훌쩍 넘기고 있었다.

코로나19로 인해 아이들은 학교에 갈 수 없게 되었고, 바깥 활동과 외출도 자제해야 하는 상황이 벌어졌다.

언론에서는 코로나19 특별방송이 시간대별로 편성되었고, 연일 확진자의 숫자를 카운트하며 살벌한 순간순간을 생중계했다. 혹시나 우리 동네가 안전하지 않을지도 모른다는 불안감에 나는 수시로 엄마들의 소통 공간인 인터넷 커뮤니티에 들렀다. 핸드폰을 손에서 놓지 못하는 타인들을 보며 비난을 쏟아냈던 나는 재난 안전 문자가 울릴 때마다 메시지를 확인하기 바빴고 늘 가까이에 핸드폰을 두고 혹시 내가 놓치고 있는 중요한 정보가 없는지 살펴보는 게 자연스러운 일상이 되어 있었다. 그렇게 조금씩 나의 일상은 바뀌고 있었다.

우리 아이들에게도 변화가 생겼다.

늘 학교와 학원을 오가며 일상을 보냈던 아이들에게 자유 시간이 주어진 것이다. 그중에서도 아침 시간의 자유! 당당하게 늦잠을 잘 수 있게 되었다. 일찍 일어나야 하는 강제성이 없으니, 자신의 몸이 원하는 시간에 스스로 일어날 수 있는 자유로움이 생겼다. 더 자고 싶은데 등교 시간은 정해져 있고 아침밥도 먹어야 하고 씻고 준비해서 가야 하는데, 그럴 필요가 없어졌으니 아이들은 그야말로 아주 편안하게 푹 잤다. 이를 지켜보는 나의 마음은? 나 스스로 놀라웠지만, 나 역시 아이들이 늦잠 자는 모습이 그리 싫지 않았다. 남편의 반응 역시 긍정적이었

손은주

다. 늘 같은 시간에 출근하고 일하고 퇴근을 반복하는 직장생활을 하는 자신의 모습을 아이들에게 이입시켰는지 이럴 때 아니면 언제 저렇게 자고 싶을 때까지 자다가 일어나겠냐며 아이들의 늦잠을 지지해줬다.

아이러니하게도 코로나바이러스로 인한 사회생활 단절과 함께 나와 아이들은 하고 싶은 일을 할 수 있는 자유 시간, 읽고 싶은 책을 읽을 수 있는 자유가 생겼다.

아이들이 초등학생이 되자 나와 아이들은 여러 가지 이유로 책과 거리가 멀어졌었다. 학교와 학원에 가야 했고 과제들이 아이들을 기다리고 있었으며 내게 잠깐씩 혼자만의 시간이 주어지면 책을 펼치기보다는 드라마나 영화를 보면서 스트레스를 풀었다. 그런데 이제 풀어야 할 학원 문제집도 학교 과제도 없으니, 도서관에서 빌린 책들과 그간 읽지 못했던 많은 책을 마음껏 읽을 수 있는 시간이 생긴 거다. 다행히 도서관이 온라인으로 개방되었다. 코로나19 사태로 인해 도서관에서는 인터넷으로 책을 대여할 수 있게 대출시스템이 바뀌었고, 아이들과 나는 각각 읽고 싶은 책을 선택하여 도서관에 신청했다. '도서안심대출' 서비스를 이용해서 개인당 5권씩 약 한 달간 책을 대여할 수 있게 되었다. 물론, 집에 있는 인터넷과 컴퓨터, 스마트폰이 수시로 아이들을 유혹할 수 있었으나, 아이들과 합의해 게임을 할 수 있는 시간을 정했기 때문에 서로 간의 약속을 잘 지켰고 다행히 큰 마찰은 없었다.

지난 3월부터 2020년 7월까지 한 학기를 돌아보면 책을 읽을 수 있는 시간이 아이들에게도 나에게도 주어진 것은 정말 큰 축복이었다. 거실 소파에서 우리의 서재에서, 각자의 침실에서 어디서든 책을 읽으며 뒹굴뒹굴 할 수 있는 자유는 아이들과 나를 좀 더 넓은 세계로 인도하는 열쇠가 되었다. 그 무엇에 쫓기지 않고 자유롭게 책을 읽을 수 있다는 것은 생각했던 것보다 훨씬 더 멋진 일이었다. 추천 도서 목록을 쫓아서 읽는 게 아니라, 한 권의 책을 읽고 난 뒤에 그 책과 연결된 또 다른 책을 찾아보고 책 속에서 저자를 만나면서 작가가 제시하는 길을 생각하며 따라가 보는 일은 지금까지 경험하지 못한 새로운 설렘이었다.

학교에 가지 못하는 상황이 계속 길어지고 학교에서 온라인으로 수업을 대체하기 전, 나는 집에서의 공부, 홈스쿨링을 시작하게 되었다. 처음엔 학년별 교육과정에 맞추어서 수업을 계획하고 진행할까 시도도 했었다. 학년에 맞춘 수학 문제집도 주문하고 맘 카페에서 좋다고 평이 자자한 문제집을 과목별로 주문해서 살펴보기도 했다. 기

손은주

존 공교육 속 학교 수업처럼 시간표를 짜서 과목별로 학습 목표를 설정하고 설명하고 문제 푸는 형식으로 진행도 했었다. 그렇게 정해진 시간표대로 수업을 열심히 준비했고, 아이들도 처음에는 재밌어하며 잘 따라와 주는 듯했지만… 얼마 지나지 않아서 우린 서로 깨달았다. 아이들도 나도 행복하지 않다는 것을. 어느새 나는 엄격한 교사가 되어 있었고, 나의 수업 진도를 소화하지 못하는 아이에게 윽박지르기도 하고, 왜 이해가 안 되냐 답답하다고 언성을 높이는 일이 많아졌다. 내게 야단맞고 풀이 죽어 있는 아이를 보면서 길을 잃어버린 나를 발견했다. 며칠간 진행된 빡빡한 홈스쿨은 그렇게 끝을 냈다. 그리고 모든 일정은 엄마와 함께 책을 읽고 얘기하는 시간으로 바꿨다. 토론이라고 명명하기엔 너무 거창했지만, 책을 읽고 난 뒤 혹은 소리 내어 같이 읽은 뒤 서로의 생각과 느낌을 자유롭게 얘기하고 표현했다. 그렇게 서로의 얘기를 들었다. 책 읽기와 말하기를 좋아하는 첫째는 글쓰기를 통해서, 낙서하기와 레고 만들기를 좋아하는 둘째는 스케치북에 졸라맨과 책 속의 주인공을 그리면서 자신을 표현했다. 역사 만화를 읽다가 이순신을 존경하게 되어 조선에 관련된 책을 읽고 <명량> 영화를 함께 보기도 했다. 『족제비』를 읽으며 미국 개척자들의 삶, 인디언들, 선과

악, 가족을 생각했다. 저녁이 되면, 내 양 허벅지에 서로의 머리를 하나씩 차지하고 누워서는 내가 읽어주는 『마틸다』를 들으면서 마술처럼 펼쳐지는 상상의 세상으로 빠져서 낄낄거리며 웃는 아이들을 볼 수 있었다. 다양한 책들을 통해 과거와 현재, 미래 시공간을 초월하여 우리는 함께 그 시간을 책 속 주인공들과 함께 그들의 삶을 엿보며 기뻐했고 때론 같이 슬퍼하며 두 주먹을 불끈 쥐며 분노하기도 했다. 자연, 환경, 전쟁, 종교, 역사 속의 인종차별, 그리고 그 속에서 지금과 같이 살아가고 있는 사람들의 모습. 우리와 별반 다르지 않고 앞으로 우리가 살아가야 할 시간을 자연스럽게 보게 되었다.

첫째가 내게 얘기한다.

"엄마, 이 세상은 참 다양한 사람들이 있고, 생각지도 못한 일들이 우리를 기다리고 있는 거 같아요."

모든 이야기가 우리가 바라는 해피엔딩이 아니라는 것을 지난 몇 달간의 책 여행을 통해 아이들이 어렴풋하게 느낀 것 같다. 지금, 올 한 해를 돌아보면서 코로나19에 대처했던 가장 잘한 일은 바로 자유롭게 책을 읽을 수 있는 시간의 자유를 함께 누렸던 게 아닌가 싶다.

아이들과 24시간 함께 했던 그 시간이 힘들지 않았냐고 누군가 내게 질문할지도 모른다. 물론, 체력적으로 무

코로나19가 준 깨달음

척 힘들었다. 책을 같이 읽으니 목도 아팠고, 돌아서면 밥 때가 찾아와주니 세끼 밥 차리는 것도 여간 신경 쓰이는 일이 아니었다. 간식도 수시로 준비해야 했으며 청소, 빨래, 쌓여가는 집안일은 끝이 없어 보였다. 하지만 막상 이렇게 지난 몇 달을 돌아보니 아이들과 완전히 밀착된 생활을 할 수 있었던 요 몇 달이 너무나 행복했던 것 같다. 이제 막 사춘기에 접어든 12살의 사랑스러운 우리 딸과 9살 우리 집 막둥이. 서로를 더 가깝게 알아가고, 더 많이 안아 주고, 더 많이 사랑한다고 속삭여주었고, 더 많이 다투었지만 화해했던 순간들로 채워져 있다.

막다른 길에 부딪히면 어떻게든 출구를 찾게 되는 게 아닐까?

우리 부부에게 행복의 개념은 고통 없는 삶이 아니었다. 책을 읽으며 자연스럽게 아이들에게도 우리의 삶을 그렇게 나누고 싶었다. 실패하더라도 달려갈 때 느낄 수 있는 스스로에 대한 만족감과 성취감, 힘든 순간이 오더라도 그곳에서 이유를 찾고 반짝이는 보석을 발견할 수 있는 여유를 아이들이 찾을 수 있기를 바랐다. 코로나19라는 바이러스로 인해 죽음이라는 것을 바로 눈앞에서 체험하며 두려워해야 했기에 하루하루의 삶이 얼마나 소중한 것인지, 당연하게 여겼던 일상의 평화로움이 어떤 무

손은주

게였는지를 알 수 있었다. 어떤 일이 일어나더라도 우리가 해야 하는 일은 이 삶을 살아가야 한다는 것임을 아이들도 알 수 있길 소망해본다. ✹

코로나 시대의
남다른
'투병 기록'

윤주

망각과 기억 사이 틈을 기록하는 기록자, 젠더 활동가입니다.
사회 전체를 침투한 바이러스와 제 몸에 들어온 고통의 시간을
기록함으로써 비로소 애도할 용기가 생겼습니다. 이 기록과 함께하는
모두에게 '잘 견뎌냈다.' 말하고 싶습니다.

"고민은 살아있는 인간의 특권이겠지?"

한동안 즐겨보았던 만화 『우리들이 있었다』[*]의 대사다. 10년이 지났는데 종종 오래된 앨범처럼 꺼내 곱씹어본다. 예술치료를 공부하기 전 나는 '고민, 걱정, 불안' 3요소의 화신이었다. 걱정거리가 있으면 곡기를 끊고 내일 당장 종말이 왔으면 좋겠다고 바랐던 시절, 이 문장이 마음 안으로 살포시 내려앉았다. 당장의 고민을 해결해주지는 못하지만 어느 정도 시간이 흐른 뒤, 가든한 기분으로 돌이켜보면 '그래도 아름다운 이 지구에 여전히 살아 있잖아.'와 같은 성찰을 주었다. 살아있는 인간의 특권이 어디 고민뿐일까? 코로나 시대의 어둠 한복판, 코로나와 병

---

[*]   『우리들이 있었다』(僕等がいた)는 『베쓰코미』(쇼가쿠칸)에서 연재된 오바타 유키의 만화.

마의 이중고에 둘러싸인 나는 질문에 대한 대답을 찾기 위해 기억을 더듬어 기록을 시작했다.

소위 'N잡러'인 나는 코로나 방역단계에 수입이 요동친다. 노인과 아이들을 만나는 내 일은 거의 중단된다. 2월 21일 부산에 첫 확진자가 나온 이후 24일 하루 22명까지 증가했다. 뉴스를 보며 숫자를 민감하게 확인하는 일이 일과 중 하나가 됐다. 3월 1일, 목이 따끔거리고 몸이 으슬으슬 추웠다. '설마, 코로나?' 코로나는 2월보다 더 가까이 다가와 있었다. 그렇지만 바이러스는 눈에 보이지 않고, 사실상 내게는 먼 위험 같았다. 다시 말해 뉴스에나 나올 남의 일이었다.

그즈음 쉽게 잠들지 못했다. 일을 중단하게 되면서 수면 관리를 제대로 하지 않았다. 다음 날 일이 없을 때는 마치 런던에 사는 양 시차를 넘나들었다. 3월 4일 밤, 뒤통수에서 전류가 흐르는 느낌이 들었다. 조금 더 정확히 짚어보면 오른쪽 귓속이었다. 쇠구슬이 뇌 속의 혈류를 타고 하염없이 왔다 갔다 하고 전기가 흐르는 소리가 났다. 후에 병원을 다섯 군데 옮겨 다니면서 '바람 빠지는 소리'로 표현하기도 하였다. 유튜브 알고리즘이 찾아준 '이명에 좋은 음악'을 들으며 잠을 청해 보았다. 주파수로 만든 규칙적인 음이기도 했고 때로는 파도나 계곡물 소리가 반복됐다. 효과는 없었다. 이명은 여전했고, 뜬눈으로 물소리를 4시간이나 듣고 있었다. 마치 환청처럼 나에게만 들리는 소리였다.

1시간 정도 겨우 자고 일어나 이비인후과를 검색했다. 지도 애플리케이션에서 별점을 살펴보았다. 5점 만점에 적어도 4점 이상인 곳이어야만 했다. 아무리 절망적인 상황이라도 친절하게 말해줄 의사가 필요했다. 그렇게 찾은 곳은 서구에 있는 한 이비인후과였다.

"청력은 이상 없네요. 앞으로 이어폰 끼지 마시고, 음악도 듣지 마시고."

청력에 문제가 없다는 말보다 이어폰을 끼지 말라는 말에 가슴이 무너져 내렸다.

"제가 며칠 스피커 옆에 있어서 소리가 컸거든요. 혹시 그것도 영향이 있었을까요?"

"그럼요, 청신경에 자극이 되지요."

2월 초, 코로나가 부산에 직접 영향을 미치지 않은 시기였다. 우연히 당감동에서 진행된 행복마을사업에 진행요원으로 참여했다. '웃음 치료(라 쓰고 노래교실이라고 읽는다)' 프로그램에 참여하는 할머니들의 출석을 체크하고, 수업 보조를 맡았다. 트로트를 질색팔색 하는 내게 이 수업은 획기적이었다. 열정적인 강사의 노래방 반주에 맞춰 들썩거리는 그녀들의 흥은 매주 <전국노래자랑>을 보던 할머니의 옆얼굴을 떠올리게 했다. 나는 그런 할머니를 신기하게 쳐다봤다. '할머니는 저게 뭐가 재미있다고.' 그런 마음으로 그곳의 그녀들을 관찰했다. 수줍어하면서 손사래를 치지만 강사가 마이크를 갖다 대면 우렁차고 구성지게 <보릿고개>를 부르는 할머니, 말랑말랑한 백설기같이 통통 바운스를 튕기는 할머니, 가사도 음도 모르지만 우리 할머니처럼 흐뭇한 미소로 손뼉을 치는 할머니. 어느샌가 나는 앰프 옆에서 살랑살랑 어깨를 흔들고 있었다. 강사는 갑자기 나를 소개하더니 다짜고짜 노래를 선곡하라고 했다. 그런 곳에서 함부로 빼지 않는 나였다.

"<호랑나비>요!"

이런 날을 위해 야심 차게 준비해 둔 비장의 명곡을 주저 없이 외쳤다.

윤주

"할머님들, 다 아시죠? 자, 같이 불러요! 아싸, 호랑나비."

따라 부르는 이는 아무도 없었다. 신기한 서커스를 구경하듯 어리둥절한 표정으로 어깨를 들썩하며 손뼉을 쳐주는 그녀들. 혼자 덩실덩실 2절까지 끌고 가기에 나는 끼가 너무 부족했다.

'망했다! <내 나이가 어때서>를 불렀어야 했는데.'

할머니가 살아계실 때 나는 무신경했다. 그 때문에 취향을 몰랐다. 할머니들에게도 유행가가 있다. 단 3주였지만 할머니들이 좋아하는 요즘 노래를 알아가며 나도 그녀들과 한몸이 되었다.

이명의 정확한 원인은 알 수 없다. 그렇지만 수업이 재개된다고 해도 일을 히기는 어려워졌다. 이어폰을 끼고 다니던 생활습관도 바꾸어야 했다. 24개월 끊어놓은 스트리밍 서비스는 또 어떡하지? 일상의 활력소를 잃게 되었다.

병은 이제부터다.

이명으로 스트레스와 불안이 점차 높아졌다. 간헐적으로 우울감을 느꼈고, 귀를 간지럽히는 작은 소리에도 화가 났다. 손때가 묻은 이어폰을 서랍에 넣고는 멍하니 눈물도 흘렸다. 볼륨을 낮추고 파도 소리를 들으며 잠을 청했다. 그러나 불면의 시간은 길어졌다. 층간소음을 귓속에 달고 다니는 기분이었다.

'징징징징징징'

다음 날 아침, 식욕마저 잃었다. 식탁에 앉아 붉은 토마토를 우적우적 씹어 넘기다가 그대로 토해냈다. 빨간 토마토 죽 앞에 쭈그리고 앉았다. 뒤통수에서 기분 나쁜 전류가 찌릿찌릿 흘렀다. 간혹 기립성 빈혈이 있기는 했지만, 그것과는 다른 낯선 현기증이었다. 잠을 잘 못 잔 탓일지도 모르겠다.

친구의 도움으로 해운대에 있는 한의원에 침을 맞으러 가기로 했지만 코로나의 여파로 문을 닫았다. 그 사이, 어지러움이 심해져 둔기로 뒤통수를 맞은 듯 순간순간 의식을 잃었다. '빙글빙글' 내 세상은 돈다. 친구는 몸

윤주

보신하자며 12,000원짜리 복국을 대뜸 사주었다. 마주보고 있는 친구의 평온한 얼굴. 맑은 국에서 모락모락 피어오르는 따뜻한 김. 때마침 나오는 주말드라마 속 이별 장면. 나는 숟가락을 뜨다 말고 나오는 눈물을 주체할 수 없었다.

"왜 울어?"
"드라마가 너무 슬프잖아."

결국 종합병원의 이비인후과를 찾아갔다. 버스의 작은 덜컹임에도 속이 울렁거렸다. 어질어질한 머리를 부여잡고 병원에 도착했지만 의사는 아직 출근 전이었다. 간호사는 친절한 목소리로 수납부터 하고 오라고 했다. 30여 분을 기다린 끝에 의사를 만났다. 지시에 따라 침대에 누웠고, 잠수부가 쓸 것 같은 안경을 쓰고 어둠 속에 가만히 있었다. 힘을 빼라는 간호사의 말이 끝나자마자 누군가의 손이 내 몸을 일으키거나 옆으로 돌리거나 알 수 없는 동작들이 진행됐다. 손에는 식은땀이 맺혔고 등줄기는 날이 섰고 뼈는 무감각했다. 몸속에서 한기와 열기가 교차했다. '코로나' 시대의 한가운데서 생사의 두려움이 문득 가깝게 느껴졌다.

'나 이러다 죽는 거 아닐까?'

"청력도 괜찮고, 동공 반응도 이상 없네요. 이석증 **인지 메니에르***인지 조금 더 지켜봅시다. 우선 커피나 카페인이 들어간 차는 마시지 마시고, 짜고 매운 음식도 절대 안 됩니다."

병원 로비를 지나 약국을 찾아가는 길에 어렴풋이 커피 향이 났다. 이어폰에 이어 커피와 매운맛 짬뽕조차 허락되지 않는 삶이 시작되었다. 내게는 코로나로 잃어버린 것보다 강도가 센 상실이었다. 병원에서 처방받은 약을 먹은 후, 어지럼증은 잠잠해졌다. 청각과 미각을 즐기지 못한다는 상실보다 보행의 즐거움에 의미를 두기 시작했다. 취침 전 먹는 약은 충분한 수면의 밤도 주었다.

그러나 천국도 잠시 이번에는 따끔거리던 목이 말썽이었다. 목소리가 저음으로 변하더니 높은 음역으로는 아예 나오지 않았다. '하하하' 소리를 터뜨리며 웃어 젖히는

** 내이의 반고리관에 발생한 이동성 결석으로 인하여 유발되는 어지럼증.
*** 내이에 발생하는 질환으로, 난청, 이지럼증, 이명, 이충만감의 4대 증상을 특징으로 하는 질환.

나는 무음으로 웃었다. 발열, 기침, 인후통 등의 증상이 있으면 보건소에 문의하라는 '안전안내문자'가 왔다.

'어떡하지?'

나는 매번 발열 검사를 통과했고 확진자와 동선이 겹친 적도 없었다. 무증상 환자도 있다고 했으니 발열이 없는 사람도 있을 것이다. 바이러스가 누구도 몰래 바람을 타고 올 수도 있을까? 갖가지 두려움이 상상의 나래를 펼쳤다. 생각해보면 몇 달 사이 체중은 10kg이 늘었고, 종아리는 전에 없던 부종도 있었다. 내 몸 곳곳이 이상하다는 불안에서 헤어 나올 수가 없었다. 의대생이라도 된 듯 인터넷을 뒤지며 병명을 찾아 헤맸다. 아무래도 나는 정상일 리 없었다.

결국 어지럼증이 재발했다. 이전에 갔던 병원 의사가 수술로 부재중인 바람에 다른 이비인후과를 찾아갔다.

"메니에르 같으니 계속 치료해봅시다."

출근 도장을 찍듯이 병원에 갔다. 소독 솜으로 귀를 닦아내는 것이 시원했고, 헤어드라이어 같은 적외선 기기를 쐬는 것도 나쁘지는 않았다. 의사는 자신의 진료행위에 대해 적절히 설명하지 않았다. 어지럼증은 잠잠해졌지만 이명은 계속되었다. 의사는 두 달이 지나도 솜으로 귀를 닦아내고 기기를 쐬게 하고 '당분간' 내원하라는 말만 반복했다. 코로나처럼 언제 끝날지 모르는 진료는 답답했다. 그 이후로 나는 병원을 가지 않았다.

한 달이 지나 어지럼증이 재발했다. 고음은 낼 수 없었고 종아리의 부종도 여전했다. 귀의 문제가 아닐지도 모른다. 내과에 가서 갑상선 검사를 받았다. 의사에게 다리가 이렇게나 심하게 붓는다며 자신 있게 보여줬지만 그날 다리는 멀쩡했다.

"갑상선은 괜찮습니다. 내과 쪽은 문제가 없네요."

이비인후과에 가서는 어지럼증을 호소했다.

"이석증과 메니에르의 전형적인 증상이 아니에요. 신경과로 가서 뇌 혈류 검사를 한번 받아보세요."

신경과의 진료실, 깜깜한 방에 누워 찐득찐득한 액체를 머리에 묻히고 한쪽 방향으로 누워있었다.

윤주

"혈류는 문제없네요."

혈류 검사에만 19만 원이 들었다. 돈과 문제없다는 결과를 바꾸었지만 납득이 가지 않았다. 어지럼증 전문의가 있다는 종합병원 신경과를 찾아갔다. 거동이 불편한 할머니, 할아버지 사이에서 접수하고 오라는 카랑카랑한 간호사의 목소리에 문득 정신을 차렸다. 어지러운 머리를 부여잡고 3층 계단을 오르락내리락 접수를 하고 선 수납을 한 후 드디어 의사를 만났다.

"검사부터 해봅시다."

간호사는 어지럼증 검사실에 예약을 잡고 다시 오라고 했다. 검사실은 1층에 있었다. 또다시 계단을 오르락내리락하고 다음 날로 예약을 잡았다. 검사는 무서웠다. VR 안경 같은 것을 쓰고 깜깜한 곳에 마스크를 한 채 누워있으려니 갑갑한 것을 넘어 공포감이 몰려왔다. 간호사는 힘을 빼라고 말하더니 내 머리를 동서남북으로 돌렸다. 나는 점점 멍해졌다.

'될 대로 돼라.'

검사비는 25만 원이 청구됐다. 나는 실성한 사람처럼 웃으면서 카드를 꺼냈다. 1시간이 채 안 되는 검사가 끝나고, 의사에게 결과를 들을 때까지 다시 일주일가량 소요됐다. 의사는 나를 보자마자 확신에 찬 목소리로 말했다.

"이석증입니다. 돌 붙였어요. 팔 한 번 떨어지면 또 떨어지는 것처럼 이것도 마찬가집니다. 재발을 잘하니까 조심하셔야 해요."

'아싸! 나 이석증이래!'

'문제없다'는 진단의 홍수 속에서 아픈 이유를 명확히 찾아낸, 발견의 기쁨은 이루 말할 수 없었다. 마음속으로 환호성을 질렀다. 나 그냥 돌 떨어진 거래. 봄이 초록으로 물들고, 여름의 햇살이 밝게 빛나는 동안 그깟 돌 하나에 생사를 몇 번이나 왔다 갔다 했다니. 이번에야말로 집요하게 따라다니던 어지럼증과 제대로 이별할 수 있을 것이다.

윤주

병을 대하는 나의 자세

어느샌가 다가온 여름은 시나브로 가을로 변했다. 입과 코를 봉인한 삶은 여전했다. 지하철이나 버스에서 들리는 기침 소리 하나에도 신경이 곤두섰다. 가벼운 비말 마스크는 속옷처럼 익숙해졌다. 마스크 고리와 스트랩 등 편의와 패션을 고려한 아이템도 늘어났다. 일은 대체로 화상회의로 진행되었지만, 어쩔 수 없는 경우 대면 프로그램에도 참여해야 했다. 대면을 준비하는 일은 녹록지 않았다. 발열 체크, 손 소독제 사용하기, 음료 마시기 전후 마스크 착용, 환기 등 방역수칙을 지키는 일이 우선됐다. 만나서 설레다가도 서로를 경계하며 마음을 졸이는 평행선이 이어졌다. 어지럼증의 '패닉'에서 벗어난 뒤 바라본 세상은 '코로나' 이전의 생활이 아득할 만큼 일사불란했다.

'딩동! 딩동! 딩동!'

긴급 안내문자가 연이어 왔다. 부산의 한 대학에서 집단 감염이 시작되었다고 했다. 확진자의 동선이 우리 동네와 아주 가까워졌다. 다음 날, 확진자 동선에 포함된

A가 코로나 검사를 받았다는 소식을 전해 들었다. A의 지인인 B, B와 대면한 나. 검사 결과가 나올 때까지 A와 B 모두 자가격리에 들어갔다. 코로나는 일상의 모든 반경 안에 있었고 드디어 내가 사정거리에 들어갔다는 실감이 났다. 조금 전까지 멀쩡했던 목구멍이 칼칼해졌고 머리에 열이 나는 것 같았다. 결국 나도 모든 일정을 취소하고 '자가격리'에 들어갔다. 나의 생존과 나로 인해 마비될 사람들의 생활을 떠올리면 아찔해졌다. 도미노같이 하나가 쓰러지면 연이어 도산하는 파괴의 현장을 기다리는 마음이었다. 비로소 코로나는 멀리 있지 않았다. 나는 코로나라는 위태로운 선 위에 서 있었다. 일면식도 없는 A의 결과를 기다리는 마음은 초조했다.

며칠 후, 검사 결과는 음성으로 나왔다고 했다. 모두의 자가 격리는 해제되었다. 그러나 나는 병원에 가야 했다.

"빨리 재발했네요. 아무래도 이석증인 것 같은데."

이석증이라는 명확한 진단을 내린 의사가 이번에는 고개를 갸웃했다.

윤주

'커피 마시면 안 돼. 음악 들으면 안 돼. 자극적인 음식도 안 돼. 무리한 스케줄도 안 돼. 왜냐하면 나는 다시는 아프고 싶지 않으니까.'

'조심'과 '예방'은 줄곧 나의 행동을 옥죄어왔다. 코로나가 확산하였을 때 '건강'에 대한 염려는 나를 두려움에 옴짝달싹하지 못하게 만들었다. 겨우 한 달이 지났을 뿐인데. 네 번째 재발에 공고했던 긴장감이 하릴없이 무너져 내렸다. 무엇이 문제였을까?

"자네의 문제는 바로 그 생각인 것 같네."

학부 때, 나를 살아있게 만드는 수업이 있었다. 철학을 전공한 교수님의 교양수업이었다. 수업을 마치기 전 한 학생의 질문에 대한 교수님의 답이 문득 떠올랐다. 질문을 한 학생은 학교 게시판에 자신의 투병 사실을 알리거나 과거 아픔에 대한 글을 남기기도 했다. 게시판을 이용하는 학생이라면 거의 모두가 그녀의 병을 알고 있었다. 모두 침을 꿀꺽 삼키며 집중했다.

"교수님, 제가 정신과 진료를 받으러 가는데 가끔 약

을 먹어야 진정이 됩니다. 그것 때문에 수업에 참석하지 못할 수도 있습니다."

"알았네."

교수님은 고개를 끄덕이며 짧은 말을 남길 뿐이었다.

"교수님, 저는 정신과 진료를 받고 있는데요!"

그녀는 자신의 병에 대해 반복해서 공표했다. 교수님은 차분한 목소리로 한 마디를 남기고 수업을 끝냈다. 나는 교수님의 대답을 소가 여물을 먹듯 되새김했다. 문제라고 생각해서 그 문제를 벗어나지 못하는 생각이 문제라는 거지?

살아있는 인간의 특권

이야기를 통해 마음을 보거나 사람들의 기억을 기록하는 일이 내 직업이다. 길지 않은 시간이지만 이런 작업을 하면서 한 가지 새로 깨달은 일이 있다. 공통된 경험 속에서 저마다 다른 기억을 축적하며 살아간다는 사실이다. 하물며 '전쟁 체험'일지라도 말이다. 작업 속에서 만난 한 어른은 베트남 참전 용사였다. 그는 고엽제를 일몰에 내리는 시원한 비와 같았다고 했다. 제대 후 후유증으로 손과 다리를 떨었고 평생 운전대를 잡지 못했다. "내가 살아있으니 이 병도 따라오는 게 아니겠습니까?"라는 그의 말과 살아있는 인간의 특권이라는 대사가 묘하게 중첩되었다.

코로나는 사람들에게 경계와 의심, 일상의 파괴와 상실을 가져왔다. 병의 원인을 찾아가는 과정 또한 내게 그러했다. 나는 이명과 어지럼증을 불청객으로 여겼다. 그로 인해 겪었던 고통과 상실에 불편함을 느꼈다. 아프다 혹은 아플지도 모른다는 예기 불안의 상자에 나를 가두었는지도 모른다. 여전히 병은 두렵고, '코로나' 바이러스는 진절머리 난다. 그 속에서 살아남는 일은 마치 '전쟁'과 같다. 평생 남을 후유증이 되기도 하고, 누군가를 잃기도 하고, 그저 무사히 스쳐 지나가기도 할 것이다. 그럼에도 불구하고 우리가 살아있다면 모든 것이 살아있는 인간의 특권처럼 느껴질까?

나는 아직 끝나지 않은 병과 코로나 시대의 어둠 속에서 한 줄기 빛을 찾아 걷고 있다. 그 사이 잠시나마 2020년 코로나가 우리 모두의 삶을 지배했던 시기, 나의 봄, 여름, 가을, 겨울을 기록해두고자 한다. 코로나 시대에 또 다른 투병기가 존재했음을 기억하고 싶다. 또한, 내가 살아있음을. 그리하여 내가 좋아하는 대사를 빌어 이렇게 끝을 맺고자 한다.

"아프다는 건 살아있는 인간의 특권이겠지?" ✲

자발적
백수 모드

조약돌

아직도 자신을 잘 모르는 철없는 40대. 호기심이 많아서 하고 싶은
것도 알고 싶은 것도 많아 매일매일이 새롭다. 2020년의 "기록하는
여자"는 또 다른 시작 같다.

환자

2020년이 되면서 나는 공식적인 갑상선(갑상샘)암 환자가 된다.

겉으로 드러나는 증상은 없지만 보험을 더 이상 가입할 수 없는 최대의 결격사유를 가진 것이다. 주변에서는 작은 암세포 때문에 수술하는 건 바보 같은 짓이라거나, 갑상선암은 의사들이 돈 벌려고 시키는 수술이다 등의 부정적인 이야기가 더 많았다. 예전의 나라면 그런 정보에 고개를 끄덕이며 동조했겠지만, 막상 환자가 되고 보니 최악의 상황에 대한 걱정이 점점 커졌다. 특히나 수술 이후 목소리가 안 나올 수도 있다는 말은 '그림책을 읽어주는' '프리랜서 강사'인 나에게 굉장한 공포로 다가왔다. 수술하지 않고자 하는 마음과는 달리 현실은 환자라는 사실을 어쩔 수 없이 받아들이는 쪽이 되었다.

이제 퇴사 날짜가 고민이었다. 화요일부터 토요일까

지 오전 4시간 파트타임 근무를 하던 곳은 '책방'이다. 처음 시작은 2014년, 유치원을 다니던 큰아이의 학부모로 방문했다가 공간이 너무 좋아서 반해버렸다. 이후 '영화 읽기지도사' 과정을 함께 수강하고 모임을 같이 하는 멤버로, 2017년에는 '토요꿈다락학교' 주 강사로 합류하다가 재작년부터 직원으로 근무하게 된 곳이다. '그림책 읽어주는' 일이 너무 좋아서 10년은 충분히 할 것으로 생각했던 나는 2년도 온전히 채우지 못하고 조금은 갑자기 그만두게 되는 아쉬움이 컸다. 바다 선생님은 2019년 8월 중순부터 나와 함께 근무했었는데, 1년도 함께 하지 못하는 것이 너무 미안했다. 책방도 학교와 비슷하게 한 해는 지내보아야 큰 흐름을 알 수 있는 곳이고, 3월부터 새로 오는 선생님도 적응할 수 있도록 2~3개월만 더 시간이 있었으면 했다. 1월과 2월은 다음 해를 준비하는 시기이니 조금 한가한 편이라고 해도, 책방은 늘 일손이 부족한데 4월부터 한반나들이* 일정이 가득 차 있는 상황에서 3

---

* '한반나들이'는 내가 일한 책방의 대표 프로그램으로, 학교나 유치원의 한 반이 책방으로 와서 진행되는 프로그램으로 40분~1시간 정도 연령에 맞춰 진행과 '그림책 읽어주는 일'을 하게 된다. 토요일에 실시되는 정규 프로그램인 '그림책교실'은 3세~7세까지 연령과 계절에 맞춰 진행되는데, 봄 과정이 3월에 시작되면 5월까지 10회 과정을 완료하게 된다.

월 말까지 일해야 할지 수술 전까지 일하고 가야 할지 고민이었다.

COVID-19

설 연휴가 지나니 겨울방학이 끝났다. 2월 3일 개학을 한 지 사흘 만에 첫째 아이가 다니는 교대부설초^{**}에서 부산 최초 코로나 검사 사례가 나왔다. 학교는 물론 학교와 가까운 우리 동네도 발칵 뒤집혔다. 2월 9일까지 임시 휴교령이 내려지고, 카톡방은 쉴 새 없이 울리며 새로운 정보를 알려주었다. 검사 결과를 기다리는 하룻밤 동안 해당 학생의 학원과 집, 동생의 유치원 정보, 엄마의 직장과 친정 주소까지 신상 정보가 쏟아지고 있었다. 어디서도 신상정보를 공개하지 않았지만, SNS에서는 사진만 공개되지 않았을 뿐이지 누구인지 다 알 수 있는 상황이었다.

검사 결과는 다행히 음성이었지만 아파트 바로 옆 초

** 부산교육대학교 부설초등학교는 다음해 입학 예정인 신입생을 11월경 모집하여 추첨으로 선발한다. 한 학년에 4반씩, 한 반에 남학생 14명, 여학생 14명으로 인원이 정해져 있다(2019학년도 입학생부터는 한 반에 남학생 12명, 여학생 12명으로 인원이 감축되었다).

등학교에 다니는 둘째는 2월 7일 개학 때 학교에 가지 않았다. 학교에 오면 안 된다는 직접적인 표현은 없더라도 암묵적으로 느껴지는 분위기라는 것이 있다. 태권도장도 임시 휴교령 동안 보내지 않았다. 아이들은 집콕이었지만 나는 출근을 했고, 마음이 무거웠다. 코로나보다 개인의 신상이 이렇게도 쉽게 털리는 현실이 더 무서웠다. 나와 아이들도 확진자 00번이 될 수 있다는 두려움. 나와 가족의 신상이 탈탈 털리는 기분이었다.

2월 말부터 빨간불이 켜진 사회적 거리 두기는 점점 심각해졌고, 개학이 연기되는 사상 초유의 사태가 벌어졌다. 2월 마지막 주면 새 학기를 시작하던 '살레시오***'에서도 학교 개학에 맞춰 개강하겠다는 연락이 왔다. 개학은 3월 9일에서 23일로, 곧 4월로 바뀌었다. 학교의 개학이 연기되면서 책방은 프로그램을 진행할 수 없게 되었다.

*** '살레시오 수녀회'에서 운영하는 평생교육시설. 남천성당 주변에 있는 주택을 개조하여 운영되는 '살레시오 영성의 집'을 의미한다. 서울의 '살레시오문화원'과 같은 커리큘럼으로 운영되고 있다.

백수 vs 엄마

나는 입장이 굉장히 곤란해졌다.

하루 4시간 근무를 하러 간다 해도 실질적인 할 일이 없는 상태였고, 집에는 아이들이 학교에 가지 못하니 엄마의 보살핌이 필요했다. 4월 초까지 근무하기로 했었는데, 업무가 진행되지 못하니 인수인계를 할 수도 없는 상황이었다.

처음 사회적 거리 두기로 출근을 할 수 없었을 때는 2주간의 자유가 생긴 것 같았다. 태권도, 방과 후 수업 등 아무것도 할 수 없으니 잔소리할 일도 없었다. 아침에 눈을 떠서 잠들 때까지 나와 두 아들은 마지막 자유를 누리는 사람들처럼 먹고 놀고 쉬는 일상이 이어졌다.

'2주만 쉬자!' 겨우 2주인데 라는 마음으로.

개학이 자꾸 연기되면서 나는 3월 8일 자로 책방에서 퇴사했다.

무급과 유급이 문제가 아니었다. 개학이 자꾸 연기되니 일을 하는 것도 아니고 안 하는 것도 아닌 상태라는 것이 부담되었다. 벌이가 적어도 일이 좋아서 한다고 말하고 다니는 파트타임 근로자 입장에서 일이 없는 상황은 존재감이 사라지는 것 같았다. 책방 운영이 언제 정상화될지 모르니 나갈 사람은 빨리 정리를 해 주는 게 도리라는 생각도 들었다.

　나는 코로나 덕분에 예정보다 한 달 정도 빨리 백수가 되었다. 2020년이 시작되면서 나의 상황은 코로나보다 먼저 변화하고 있었고 몸도 마음도 미리 준비하고 있었던 것 같다. 처음 2주간 무급으로 쉬겠다는 말을 당당하게 할 수 있었던 것은 곧 퇴사 예정이니 어차피 수입이 줄어든다는 것을 알고 있었기 때문이었다. 코로나라는 특수한 상황은 집에서 아이들을 돌보는 것이 세상에서 가장 안전한 일이었다. 모두가 처음 겪는 일에 본능적으로 움직일 수 있는 사람은 '엄마'라고 생각했다.

　백수가 된 한 달은 '엄마'라는 역할에 가장 충실한 시간이었다. 하루 세 끼 식사와 간식. 청소와 빨래. 1일 1권 독서와 수학 연산문제집 풀기까지. 임신과 출산, 육아 중에도 늘 '나'를 먼저 생각하고 생활했던 모습은 잠시 사라지고 온전히 아이들에게 집중하게 됐다. 이렇게까지 변화된 이유는 '온라인 개학'이 한몫을 했다. 4월 말 수술과 입원 예정인 나에게 온라인 개학은 아이들을 적응시키고 떠나야 한다는 과제였다.

특수형태 및 프리랜서 특별지원금

7박 8일의 입원 생활을 끝내고 퇴원을 했다. 입원할 때 입고 온 긴팔 원피스가 퇴원하는 날에는 덥게 느껴질 정도로 날씨가 바뀌어 있었다. 5월 둘째 주부터 '살레시오 미디북' 개강을 하고, 올해 초등학교 1학년이 된 아이들을 만나게 되었다. 월, 화 오후 한 시간씩만 일하는 것이지만 코로나 방역을 기본으로 지키며 신경을 쓰다 보니 피로감이 엄청났다. '수술을 더 일찍 할 걸 그랬나, 아예 늦게 해야 했나.' 수술 이후 일상은 시작된 것 같은데도 아직 감을 잡지 못한 채 5월을 보내는 동안 우리집 아이들도 등교를 시작했다.

책방은 퇴사했지만 살레시오 미디북 강사라는 자격으로 '특수고용지원금' 신청을 다시 준비했다. 처음 '특수고용지원금'이라는 말을 들었을 때는 관심이 없었다. 책방은 자발적으로 그만둔 상황이고, '살레시오'는 개강을 해야 일을 하게 되는 곳이니 일하지 않는 상황에서 돈을 받는다는 것은 내 몫이 아니었다. 그리고 틀림없이 엄청 까다로운 서류로 나를 괴롭힐 거라는 편견에 거들떠보지도 않았던 일이었다. 그러다 살레시오에 같이 근무 중인 푸린 선생님이 '근로계약서'만 넣으면 되는 간단한 서류 신청이라고 말해 주었고, 나는 모든 가구에 일정한 지원금을 준 재난지원금의 특수 버전이려니 생각해 버렸다. 그러나 입원 전에 신청해 놓고 가려는 급한 마음은 서류를 부실하게 만들었고, 서류 추가 접수 안내를 받은 이후, 미비한 내용을 겨우 맞춰 보냈더니 예산 부족으로 지원금이 튕기고 말았다.

크게 관심 가지지 않은 상황이 역전이 되자 7월에는 기필코 받아내고야 말겠다는 의지를 불태우게 되었다. 필요한 서류는 크게 4종류로 <1>필수서류 <2>자격요건 입증 서류('19년 12월~'20년 1월 소득 자료) <3>소득요건 입증 서류('19년 연 소득 자료) <4>소득감소요건 입증 서류였다.

이런 서류 중에서 가장 중요하면서도 말하기가 곤란했던 것은 '노무'와 관련된 서류였다. '계약서' 만으로는 나의 위치와 자격이 증명되지 않았고, 사업장의 사실 확인이 반드시 필요했다. 수입이 많은 것도 아닌데, 겨우 월, 화 이틀 수업을 하면서 노무 제공 사실 확인과 노무 미제공 사실 확인 서류 작성을 밀한다는 것이 조금은 불편하고 어색했다. 고용지원금 신청 안내 전화는 열 번, 스무 번을 해도 연결이 되지 않았고, 5일 안에 추가 서류를 보완해서 보내야 한다는 압박에 머리가 지끈거렸다. 서류 한 장 한 장마다 나를 증명하기 위해 애를 쓴 결과 지원금을 받았지만 150만 원이라는 돈은 흔적도 없이 사라졌다. 매월 강사비로 들어오는 수입보다 많은 액수였는데도 불구하고, 그렇게 서류를 보내느라 애쓴 노력에 비해 지원금은 순식간에 사라지고 없었다. 150만 원이라는 돈이 적지 않은 금액임에도 불구하고 집에 머무르는 시간이 많아진 만큼 식비가 늘었고, 집으로 배송되어 오는 택배도 많아졌다. 지출을 줄이는 것은 코로나로 집에만 머무르는 시간을 견디는 것만큼이나 어려웠다. 돈이 필요하면 일을 더 하면 된다는 생각으로 파트타임, 프리랜서 일을 하던 나는 수입보다 지출을 줄여야 할 필요성을 깨닫게 되었다. 머릿속으로만 생각하던 백수의 삶은 경제적인 현실이 되어 돌아왔다.

나, 프리랜서 강사

<나, 다니엘 블레이크>라는 영화를 본 적이 있다. 평생 목수로 지내던 다니엘 블레이크는 지병인 심장병이 악화하

여 일을 쉴 수밖에 없는 상황이다. 나라의 지원금은 요구하는 조건이 까다롭고 서류는 컴퓨터로 신청을 해야 한다. 아이디를 만들어 접속하는 일조차 쉽지 않은 다니엘 블레이크를 통해 복지의 사각지대에 놓이는 사람들에 대한 영화였다. 시스템에 상처받는 소외된 사람들의 이야기. 그러나 결국 사람들의 관계 속에서 희망을 보게 되는 이야기였다.

이 영화를 보지 않았다면 서류 따위도 제대로 작성하지 못하는 나를 얼마나 바보 같다고 스스로 다그치고 있었을까. 지원금을 신청하는 과정에서 '나'를 증명하는 것은 고작 서류 몇 장이었다. 6년째 근무하고 있는 프리랜서 강사로 매월 세금을 내는 성실한 근로자이며 납세자라고 생각했는데, 사람보다 '일'과 '대가'로 지급된 '급여'만이 나를 증명하고 있었다.

요즘 스스로를 '프리랜서 강사'라고 지칭하는 일이 많아졌다. 코로나 이전에는 원하지 않는 일도 해야 하는 사람이라는 의미로 '프리랜서'라는 단어를 사용했다, 강의는 성수기와 비수기가 확실하므로 일단 일이 주어지면 해야 한다. 결과적으로 강사료 수입보다 지출되는 돈이 더 많은 마이너스일지라도 '일'을 하고 있다는 사실만

조약돌

으로도 자기만족이 컸다. 그러나 한 시간 강의를 위해 준비해야 하는 여러 가지를 고려하면 늘 시간에 쫓기고 '일'을 위한 '일'을 하는 경우가 많았다. 시간은 늘 부족하고 몸은 지쳐갔다. 그때 선물처럼 나에게 온 책이 『모모』였다. 회색 신사들에게 시간을 빼앗기고 늘 바쁘다고 말하는 사람들의 모습이 나와 같았다. 삶의 변화가 필요하다고 생각하던 시기에 코로나로 세상이 달라지고 나에게는 '시간'이 생겼다. 백수로 지낸 한 달은 '엄마'라는 역할을 나도 꽤 잘하고 있다는 자신감을 주었고, '환자'가 되고 보니 하고 싶은 일보다 할 수 있는 일의 우선순위가 정해졌다. 시간은 한정적이고 체력은 한계가 있기 때문이다. 2020년을 마무리하는 과정에서 나의 '기록'을 남기는 글쓰기는 잊고 있었던 나를 찾아가는 시간이었다. 바쁘다는 핑계로 미루기만 하던 블로그를 다시 시작했다. 나의 일상과 연결하여 그림책을 소개하고, 내가 체험한 공진과 시간에 대한 이야기를 남기기 시작했다. 이것 또한 나를 바쁘게 만들겠지만 이제 나를 지칭하는 '프리랜서 강사'라는 말에는 하고 싶은 일을 하는 사람이라는 의미를 담아보려고 한다. ❀

기록하는 여자들 [첫번째]
나의 코로나19

글 강미미, 강수연, 김현정, 별숲, 손은주, 윤주, 조약돌

편집자 계선이, 배은희

디자인 옥지민 @ok_rhom

일러스트 손따미 @son_ddami

발행일 2021년 3월 22일

펴낸이 배은희

펴낸곳 빨간집

전화 070-7309-1947

이메일 rhousebooks@gmail.com

ISBN 979-11-969056-3-7 (02810)